EL ÚLTIMO CARTERO EN LA LÍNEA DEL TELÉGRAFO
(Crónica de una resurrección)

SAMUEL SOPLÍN

ÍNDICE

Que linda es mi cometa
ya sube que primor
cual pájaro que vuela
con alas de color.

Poema de autor anónimo,
recitado por toda la familia.

PRÓLOGO

Los trabajadores desde la intimidad

El lector tiene entre manos una historia de los trabajadores postales en la vida peruana. Su autor es Samuel Soplín, sindicalista y trabajador de correos en su juventud, quien nos resume los episodios más significativos de un sector de trabajadores bastante peculiar, porque los carteros caminan por las calles comunicando noticias que se transmiten las personas como particulares. Durante milenios ese oficio fue un servicio público, desde los chaskis del Inca hasta que Fujimori privatizó los correos en los años noventa. Así, la historia de los trabajadores postales, sus luchas, gremios y personajes, constituyen el centro de las preocupaciones del autor.

La singularidad de la crónica de Soplín, que la hace única en su género, es su carácter íntimo, incorporando plenamente la narración personal. Los hechos son contados desde las vivencias y sentimientos de los individuos y no desde categorías abstractas. No parecen clases sociales, sino personajes de carne y hueso. Asimismo, sus actores atraviesan situaciones emocionales y manifiestan claramente los sentimientos que les provocan. En el libro de Soplín aparece la alegría y la tristeza, el gozo y la decepción. Nada de lo humano le es ajeno.

Por cierto, sus personajes son bien conocidos para el autor, porque se trata de su propia familia, en primer lugar, la pareja que conforma con su propia esposa, Hortensia. De este modo, la historia del sindicalismo postal, que el lector tiene entre manos, goza de la particularidad de estar contada como un testimonio personal, como el relato de una familia comprometida desde siempre con la organización sindical y el trabajo de los correos.

Esta intimidad del relato le añade frescura a la historia de los trabajadores, que constituye el trasfondo político del texto de Soplín. Sobre ello, su historia relata que los postales organizaron su primer gremio en 1915, bajo la forma de una asociación de auxilios mutuos. Era la época de la lucha por las ocho horas de trabajo y el liderazgo del movimiento popular era disputado entre anarcosindicalistas y mutualistas. Estos últimos tenían una perspectiva reformista y clientelista, que fue cediendo paso hasta que en 1919 una gran huelga general conquistó la jornada laboral de ocho horas; ese momento constituyó el pico de la influencia anarcosindicalista en el país. Durante la década siguiente nacieron tanto el aprismo como el comunismo, que constituyeron los nuevos liderazgos del movimiento popular.

Un segundo momento de la crónica de Soplín es la huelga de trabajadores postales de 1956. Esta huelga es presentada luego de una caracterización del gobierno de Manuel Odría, 1948-1956, como un autoritarismo de derechas, semejante al régimen de Alberto Fujimori, 1990-2000. Es acertada esta comparación del autor, porque en efecto son tipos de gobiernos parecidos y de gran recurrencia en la historia peruana.
Tanto Odría como Fujimori estuvieron bien anclados en la derecha económica y su apuesta fue el gran capital nacional y extranjero. Asimismo, ambos fueron autoritarios y pusieron su voluntad arbitraria por encima de las leyes. Mejor dicho, modificaron las normas para que se ajusten a su voluntad y no a los derechos previamente ganados por la gente. Asimismo, ambos regímenes carecieron de consideración por los sindicatos, que fueron reprimidos y marginados.

Soplín igualmente anota otra idea al respecto: tanto Odría como Fujimori fueron autoritarismos con careta democrática, en ambos períodos funcionaba un Congreso y periódicamente se llevaron adelante procesos electorales. Así, no se trata de dictaduras corrientes, sino de regímenes híbridos que son comunes en ciertos países de América Latina especialmente en el Perú. Pero, su doble faz no oculta la persistencia de sus enemigos, entre los cuales se hallaron los trabajadores organizados, que fueron despedidos y golpeados en ambas etapas de la convulsa historia política peruana.

Posteriormente, el autor se centra en la huelga postal de 1975, de la que el mismo Soplín fue protagonista. Corresponde a su juventud y la narración, conservando el tono íntimo, le añade emoción y sentido de la aventura vital propios de los primeros años de vida autónoma. Asimismo, en el texto empiezan a aparecer entrevistas y declaraciones de protagonistas. Esta reunión de diversos testimonios le viene bien a la obra de Soplín, pues le confiere amplitud. No se trata de su experiencia personal exclusivamente, sino abarca a un grupo humano, comprende una generación. Así, el trabajo que tenemos ocasión de leer constituye el testimonio de las expectativas de una generación de sindicalistas postales que eran jóvenes en los años setenta.

A continuación, el texto de Soplín presenta los despidos de Fujimori y el gran ajuste neoliberal de los años noventa. Este período ha sido objeto de bastantes estudios y por estar tan próximo a nuestros días es mejor conocido. Pero, Soplín añade algo novedoso, se trata de la mencionada época de la desaparición de los chaskis al servicio del Estado.

En efecto, el Estado en el Perú se organizó para cumplir una serie de funciones, que incluyeron desde la antigüedad prehispánica el servicio de correo. Por ello, todos hemos conocido en nuestra educación escolar la historia de los chaskis al servicio del Inca, que recorrían los caminos a gran velocidad y en turnos bien organizados, posibilitando que las noticias crucen los Andes en pocos días. Los agentes de este sistema fueron los famosos chaskis, cuya estrecha vinculación al Estado continuó desde los Incas hasta Fujimori. Este último habría quebrado una muy antigua asociación, al privatizar el servicio de correos y desvincularlo de la construcción de una administración pública que conecte y articule al país.

Fugado Fujimori, el país ingresó a la transición dirigida por Valentín Paniagua, 2000-2001, que provocó gran entusiasmo entre los trabajadores que previamente habían sido despedidos por Fujimori. En efecto, el gobierno aprobó un nuevo marco legal que explícitamente rechazaba las abusivas leyes laborales que habían regido bajo Fujimori y ordenaba la reposición de los despedidos. Entre ellos se hallaba Hortensia, la esposa del autor y coprotagonista de este escrito. A partir de este momento, las peripecias de su reposición forman el hilo de la trama.

En realidad, la crónica de Soplín encuentra en esta parte su filo dramático, porque incluye el desengaño y la decepción. La reposición es resistida por los patrones y el mismo Estado por todos los medios y empleando todas las argucias legales. Incluso recuperan el poder los mismos que estuvieron con Fujimori. Así, los sucesivos gobiernos de Toledo y García, entre 2001 y 2011, concretaron las decepciones y alejaron como ninguno a las nuevas generaciones de la reflexión y el activismo político. Son gobiernos que continuaron la propuesta económica neoliberal y, por lo tanto, optaron nuevamente por el gran capital olvidando los derechos de los trabajadores.

Por ello, el relato de Soplín adquiere un tono melancólico. Antes todo era normal, los trabajadores disponían de una trinchera y las patronales de la opuesta. El gobierno hacía como que transaba entre ambos intereses, pero finalmente inclinaba la balanza a favor de las patronales, salvo contadas excepciones, cuando la masa social desbordaba y se obtenían conquistas a regañadientes de los dueños y forzadas por los gobiernos que retrocedían ante el empuje de los trabajadores.

Pero, con Toledo y García en la primera década del siglo XXI fue diferente. Habiendo caído el gobierno de Fujimori, después de diez años de lucha, los trabajadores recuperaron sus derechos a través de normas, pero les robaron su victoria posteriormente, meciéndolos legalmente y finalmente cansándolos hasta hacerlos desistir, salvo casos individuales y contados con los dedos de una mano. Afortunadamente entre éstos se halla Hortensia.

Al final queda el retrato de una familia que representa a una generación combativa, que mantuvo la dignidad a lo largo de la vida. A veces no importa tanto ganar o perder, sino mantener una posición, ser consecuente y recrear con entusiasmo los ideales de la juventud. Siempre modernizándose, pero fiel a los principios de antaño. Así es Samuel Soplín y desde esa manera de ser ha escrito este testimonio que ilustrará al lector.

17 de marzo de 2014

Gastón Antonio Zapata Velasco

PALABRAS DEL AUTOR

Una de mis más grandes satisfacciones fue cuando, a mediados de 1980, asistí a la presentación del libro de Alberto Flores-Galindo, *Buscando un Inca;* esa noche, en el pórtico del Salón de Grados de la cuatricentenaria Casona de San Marcos, me sentí elogiado cuando Tito Flores dijo a Manuel Burga "él es la persona de quien te hablé, viene realizando un estudio sobre Túpac Amaru". "Felicitaciones y perseverancia en la investigación", contestó el mencionado historiador. Creo que es hora de confesar el reto que representó ese reconocimiento para mí y; decir, además, que esas palabras las llevo presente en el corazón.

El ensayo, referido por los creadores de la *utopía andina,* fue publicado en el suplemento dominical del diario La Voz, que entonces dirigió Maynor Freire; sin embargo, 27 años después, el objetivo de la presente crónica, es reconstruir el proceso de los despidos arbitrarios decretados en el gobierno de Alberto Fujimori, tomando como eje narrativo al *mutualismo postal,* iniciado en 1915 por la Unión Telegráfica de Auxilios Mutuos para asumir la defensa de sus militantes.

Quinientos mil servidores públicos fueron despedidos en cumplimento de las cartas de intención dictadas por el FMI y los organismos multilaterales de crédito, con el fin exclusivo de recaudar capitales y honrar el pago puntual de la deuda externa; en un contexto teñido de violencia, corrupción y violación sistemática de los derechos humanos.

El presente trabajo, es producto de varios años de indagación, siendo su punto culminante la convulsionada década de 1990, cuando se decretan los ceses arbitrarios de servidores públicos; hecho que condiciona la respuesta organizada de los despedidos, a través de la Alianza Sindical, frente de lucha unitario, conformado por las diferentes centrales sindicales del país.

El trabajo de recuperación histórica en forma autónoma, es decir, sin apoyo financiero, requiere la ayuda incondicional de familiares y amigos, quienes al fin de cuentas se convierten en auténticos mecenas; son seres de gran sensibilidad los que te brindan aliento y están pendientes de tu quehacer intelectual, elevándote la moral para no desfallecer en el trabajo emprendido. Teniendo en cuenta estas consideraciones, expreso mi gratitud a las personas, que luego de leer la primera parte de la crónica, hicieron comentarios y me realizaron entrevistas, auspiciando presentaciones en diversos sitios, como aulas universitarias, ferias y museos. Entre estos jóvenes profesores y estudiantes de la Pontificia Universidad Católica y Federico Villarreal, puedo destacar a: Saulo Galicia, Diana Bernales, Martín Soto Florián, Omar Manky, Fabio Bravo, Alejandra Cueto Piazza, Juan Antonio Lan, Marco Gamarra Galindo y Miguel Martín Llontop. Así mismo Teófilo Barrionuevo Huanca y Abraham Delgado (Godo), me otorgaron un importante apoyo. Los dirigentes postales: Froilán Juro Monzón, Alberto Zamudio Revilla, Horacio Jacobi Ramos y Felipe Chuquillanqui Ricaza, al igual que los sociólogos del colectivo Alternancia Democrática, liderado por Vicente Otta, estuvieron al tanto de la publicación. José Pujada Castillo y su constante apoyo solidario, fueron de vital importancia. Marika López, me hizo recordar la tesis de Alain Touraine desarrollada por Denis Sulmont, que toma como referencia central a la persona humana, que se construye como sujeto y actor en la vida social. Marika López dice en una bella carta: "En esencia, pienso que tu interlocutora, Ángela María cuando era pequeña, es ahora el pueblo que necesita conocer su pasado, saber de dónde viene; y, es importante la forma cómo trasmites esa parte de la historia. Por la metodología empleada, estoy segura que es una obra, no sólo para un público especializado, sino para el pueblo que día tras día construye la historia". A todos los mencionados, mi más cálido agradecimiento.

Samuel Soplín

PRIMERA PARTE: LOS EXCESOS DEL LIBERALISMO

1. EL NARRADOR CONVERTIDO EN PERSONAJE

En el proceso de las indagaciones para conocer los antecedentes que originan esta crónica, tuve que echar mano a mi vieja tesis sociológica, donde explico los grandes momentos protagonizados por los trabajadores postal telegráficos peruanos, sus principales conquistas y, los forzosos despidos sufridos en su azarosa historia, siendo de vital importancia para explicar los hechos, entrevistas a conspicuos líderes, como Gerardo Ríos Rojas, Fernando Molina Crisóstomo, Pablo Granda Dongo, entre otros, quienes sufrieron en carne propia las consecuencias de la iniquidad y gozaron el placer efímero de los aplausos. También fui inducido a entrar al Internet, a consultar libros y opúsculos, que, con el afán de no obstaculizar el movimiento y la fluidez de los acontecimientos, serán anotados por orden de aparición al final del trabajo. Asimismo, elucubré una mezcla narrativa, matizando historia y literatura, para explicar, en forma objetiva, la falta de integridad del gobierno de Alberto Fujimori, al decretar los despidos de 500 mil servidores públicos, exentos de un programa de ayuda social, con el fin de satisfacer las exigencias desmedidas del "capitalismo salvaje".

Este testimonio de vida, tiene su momento prominente en los inicios del año 1991, cuando por decisión autoritaria del gobierno de esa época, se publica el *nefasto Decreto* 004, por medio del cual se implementan los ceses colectivos, que originan angustia y desolación de más de 2 millones de seres humanos. Los hechos y acciones han sido extraídos de la propia experiencia, ya que conjuntamente con Carmen Hortensia y otros miles de trabajadores públicos, se nos coaccionó a renunciar a nuestros puestos de trabajo, o fuimos despedidos con el calificativo de excedentes.

Recuerdo la húmeda mañana de julio, cuya incesante llovizna enjabonaba la capa asfáltica de la abigarrada Lima, cuando me propuse abordar la narración de los acontecimientos que viví en esa amarga experiencia, y que no se la deseo ni al peor de mis adversarios. Es común ver cómo el invierno tiñe de un tono grisáceo el cielo limeño, causando una insólita apatía en la población. Pero, donde realmente se siente la crudeza invernal, es en las modestas viviendas autoconstruidas en la cúspide de los cerros, cuyos precarios habitantes son azotados por la inclemencia del tiempo, y que, en esta época, concita la preocupación del gobierno y la solidaridad innata de la gente.

La narración, en cuyo desenlace fui partícipe, tiene la característica de una crónica, donde se conserva el orden cronológico de los acontecimientos, que son combinados con la acción, el tiempo, las circunstancias, y el contexto social existente. El relato es en primera persona, el narrador puede convertirse en personaje; o como también por la naturaleza de los hechos, el narrador puede transmutarse en otro personaje.

Los acontecimientos tienen su punto de partida en el proceso de hiperinflación galopante de los momentos finales del primer gobierno aprista; período donde se alcanzó la inflación más grande del mundo, fácilmente comparada con los índices logrados por Alemania al finalizar la Primera Guerra Mundial, que como es sabido, incubó el nazismo y su secuela de desolación.

A escasos días de su asunción al cargo de presidente del Perú, el Ing. Alberto Fujimori, olvidando sus promesas pre electorales de bajar la inflación sin medidas traumáticas, presenta, a través de su ministro de Economía, Juan Carlos Hurtado Míller, un paquete económico que consistía en un *shock* que tuvo efectos devastadores para la economía popular; ajuste que, por la carencia de un programa de ayuda social, se convierte en uno de los más crueles de nuestra historia republicana.

El llamado *"fujishock"* fue implementado, sin medir su impacto social, en atención dogmática de las recetas prescritas por el Fondo Monetario Internacional (FMI), como la carta de intención llamada, *Fondo de Posibilidad Ampliada*, concernida a la reducción de los gastos sociales y el alza del precio de la gasolina, con el fin de garantizar el pago de la deuda externa y reinsertar al país a la economía internacional. Las políticas de ajuste dieron especial énfasis a la flexibilización laboral, la reducción del Estado, entre otros.

En esta perspectiva, y de la mano con el programa de ajuste, el Gobierno, mediante Decreto Supremo *Nº 004-91-PCM*, declaró en forma unilateral, el "estado de reorganización" de las entidades públicas comprendidas en el Gobierno Central, Gobiernos Regionales, Instituciones Públicas Descentralizadas, Corporaciones de Desarrollo y Proyectos Especiales.
En el modelo diseñado para imponer a rajatabla su caricatura de liberalismo, carente de un equitativo liderazgo para afrontar la grave situación del país, y revelando en forma precoz, sesgados dotes de estadista para cumplir las reglas del sistema democrático, Alberto Fujimori

no tuvo reparos en firmar resoluciones inconstitucionales, con las que se puso de patitas en la calle, sin proceso administrativo previo, ni el más elemental derecho a la defensa, a 500 mil trabajadores públicos, expropiándoles sus esenciales puestos de trabajo, y principal fuente de subsistencia. Los despidos arbitrarios se llevaron a cabo en un ambiente de autoritarismo represivo, con el saldo de muchos dirigentes asesinados y desaparecidos, haciéndose evidente la verdadera faz del capitalismo salvaje y la falta de escrúpulos del fundamentalismo económico, cuando trata de proteger sus intereses económicos.

Pero, los servidores estatales no se quedaron con los brazos cruzados, ni lloraron sobre la leche derramada, porque a partir del mismo momento en que se ejecutan los despidos disfrazados de *"renuncias voluntarias" y* se publican las resoluciones de personal *"excedente",* de inmediato y, en las entidades correspondientes, impugnaron los arbitrarios despidos. Verbigracia, los postales, respaldados en su histórica tradición de lucha, inician la disputa legal en el Tribunal Nacional de Servicio Civil, organismo jurisdiccional encargado de resolver los reclamos de los servidores públicos, logrando resoluciones favorables a la reposición. Pero ¡Oh! sorpresa, esta institución oficial también fue eliminada por el gobierno de turno, suscitándose una situación tragicómica que puede compararse a los actos protagonizados por el comediante Tres Patines, cuando litigaba ante el Tremendo Juez de la Tremenda Corte. "¡secretario, que pasen los implicados en este laboricidio!". "Cosa más grande en la vida", recordé esa fría mañana.

En el desarrollo de los hechos, se podrá intuir el impacto que verá el ser social reflejado en los individuos que, en plena crisis económica, de un momento a otro se encontraron en la vía pública y sin medios de subsistencia, se sabrá de la angustia existencial y la resistencia espartana de los trabajadores en defensa del derecho al trabajo y las libertades democráticas, en especial la sacrificada lucha asumida por los postal telegráficos en su azarosa existencia, recreándose al mismo tiempo, el caso de Carmen Hortensia, cuyo despido inspira el nombre del presente relato.

2. LA INFLACIÓN MÁS GRANDE DEL MUNDO

En las indagaciones, logré desenmarañar, cómo a fines del primer gobierno aprista de Alan García, el país se vio envuelto en un proceso de hiperinflación que pronto diluía los ingresos de la caja fiscal, originando un déficit en las cuentas nacionales; fenómeno inherente a la emisión inorgánica de billetes que realimentaba el proceso inflacionario.

Esta situación, caracterizada por la caída de los precios de las materias primas en el mercado internacional y la aplicación de subsidios y control de precios a nivel local, se volvía cada vez más dramática, debido al accionar terrorista asumido por grupos fundamentalistas como Sendero Luminoso y el Movimiento Revolucionario Túpac Amaru, que obtuvieron una respuesta casi nula de los partidos políticos y del gobierno, incapaces de proponer alternativas viables para enfrentar la crisis con su secuela de muerte y destrucción, que impactó con mayor dureza en los sectores empobrecidos de la sociedad.

El exceso inflacionario de liquidez en el mercado internacional, estimuló el otorgamiento de créditos improductivos para cubrir déficit fiscales y desequilibrios en la balanza de pagos, dando lugar al creciente endeudamiento externo de los gobiernos, que pretendieron convivir con la inflación mediante devaluaciones crónicas, la constante pérdida del valor de sus monedas y del poder de compra real de sus respectivas poblaciones, postergándose la utilización de recursos externos para inversiones reproductivas, que auto amorticen la inversión, acrecentando la producción y el ingreso de divisas.

El proceso inflacionario estuvo ligado a la fijación arbitraria del tipo de cambio, soslayando las condiciones reales del mercado, así como a la regulación inadecuada del volumen de liquidez monetaria y del crédito, lo cual condujo a la especulación y desprotección de las reservas internacionales; hecho que estimuló la salida de capitales que afectó el equilibrio de la balanza de pagos.

A ello, habría que agregarse, la distorsión efectuada por el llamado dólar MUC (Mercado Único de Cambio), que era un dólar estadounidense corriente; pero, al estar subsidiado por el Estado, su precio era más barato que el bancario. Empresarios corruptos, cercanos a las esferas del poder, gestionaron compras de dólares MUC para la importación de productos que beneficiaran al país, cuando en realidad sobrevaloraban los montos necesarios para sus operaciones, guardando la diferencia en las cuentas secretas que abrían en los paraísos fiscales.

La crisis estructural de la economía peruana, no fue ajena a la crisis latinoamericana, y se vio agudizada por la deuda externa suscrita con los organismos Multilaterales de crédito.

Para que América Latina pagara su deuda externa, fue presionada a poner en marcha, políticas de ajuste ortodoxo impulsadas por el FMI; estas políticas de ajuste enfatizaron la reducción del salario y de los ingresos en general, lo que determinó una reducción del ingreso per cápita y una disminución de las importaciones.

La crisis internacional, también deprimió los ingresos por exportaciones, por lo que, algunos países fueron cesando sus pagos o, reduciendo los mismos y estimulando discursos de confrontación, como el gobierno de Alan García sobre el pago del 10% de las exportaciones, propuesta que finalmente no lograría su cometido.

A mediados de 1980, el Banco Mundial empezó a monitorear las políticas de ajuste, ejecutando la labor que antes cumplía el FMI, en el sentido de imponer políticas para asegurar el pago de la deuda; lo que hacía cada vez más evidente que los llamados ajustes estructurales, eran para garantizar el pago de la deuda, sino de inmediato, en el mediano plazo.

En mayo de 1987, el Banco Mundial suspendió al país de sus derechos a recibir desembolsos crediticios antes suscritos, por la decisión del gobierno peruano de incumplir con el pago a dicho organismo, lo cual involucraba pagos por créditos totalmente desembolsados, así como créditos en proceso de desembolso. El Banco basó tal decisión de suspender los desembolsos de los créditos en ejecución, en la Sección 6.02 de las Condiciones Generales aplicadas a los Convenios de Créditos y Garantías de dicha institución.

La crisis estructural de aquel período fue tal, que el proceso inflacionario se convirtió en un espiral infinito, reflejado en el incremento incesante del precio de las mercancías y plasmado en la pérdida de más de la mitad real de los sueldos y salarios. Al respecto, veamos la sincera revelación de mi condiscípulo Daniel Santome:

"Esa época, la viví en la industria y conocí los detalles de lo que aconteció en nuestra economía. En esos tiempos ganaba bien, pero mi dinero se desvalorizaba y, la empresa donde trabajaba, no podía soportar el costo de las planillas. Había personal que no tenía qué hacer, y tenerlos, costaba un sueldo y gastos de servicios sin lugar a reposición. No podíamos elaborar una lista de precios sin proyectar una inflación, y esto los hacía inaccesibles al público.

Cuando pasé al rubro del periodismo fue diferente, pues ahí se subsidiaban costos con dólares MUC y debíamos negociar nuestras materias primas para mantenernos en el mercado. Enrique Cornejo Ramírez era el encargado de aprobar la cuota de dólares MUC, siempre con la anuencia (del presidente) Alan García."

"Nosotros, trabajadores públicos que percibíamos un sueldito en el Correo Central, junto a Moisés Guevara, Alberto Zamudio y Mauro Campos, entre otros compañeros postales, ironizábamos acerca de la situación, comentando que para cobrar la mensualidad teníamos que llevar al Banco de la Nación de la Plaza Pizarro, carretillas para cargar los respectivos fajos de billetes que ya habían perdido totalmente su valor", recordé esa fría mañana. Sin lugar a dudas, ésta fue la inflación más grande del mundo.

INFLACIÓN ANUAL 1985-1990

AÑO	INFLACION %
1985	158.3
1986	62.9
1987	114.9
1988	1.722.3
1989	2.775.3
1990	7.649.7

Fuente: Perú 96 en Números. Anuario Estadístico
Ed. Cuánto. Lima, 1996.

3. DESDE LOS LEGENDARIO CHASQUIS

Con la finalidad de efectuar una narración coherente y ligada a sus orígenes históricos, me vi precisado a recurrir a mi *vieja tesis*, donde se detalla, que el inicio de la Institución Postal se remonta a épocas inmemoriales. Siglos atrás existieron sistemas de señales a grandes distancias, los cuales, utilizando el fuego, señales de humo, objetos visibles o mediante palomas mensajeras, transmitían códigos de comunicaciones. En nuestra antigua civilización, también se utilizó el sistema por medio de hogueras y señales de humo, desarrollándose al mismo tiempo una efectiva comunicación entre la nobleza dominante.

En el Estado Inca, existió una forma muy peculiar de organización del sistema de correos, el cual tuvo como columna vertebral a los legendarios Chasquis, quienes, al decir del Inca Garcilaso de la Vega, fueron los heraldos imperiales, llevando los Quipus, el mensaje oral y otros recaudos, por medio de los cuales se comunicaba el monarca y su élite gobernante. La comunicación se elevó a una institución estatal, exclusiva para las castas que ostentaban el poder, a la que no tuvieron acceso los sectores populares. Los Chasquis recorrían de tambo en tambo, los asombrosos caminos del Inca, portando los Quipus que suplían a la palabra escrita y, al mismo tiempo, integraban el extenso territorio del Tahuantinsuyo. Las quebradas y partes escabrosas de la accidentada geografía, fueron cubiertas por puentes colgantes construidos con soguillas tejidas, que denominaron Queswa.

En la época del colonialismo español, la Real Cédula de 1514 otorgaba a Lorenzo Galíndez de Carbajal el título de Correo Mayor de Indias, detentando la Administración Postal en forma vitalicia y con derecho de sucesión a lo largo de 250 años. Terminado el monopolio de la familia Carbajal, se crea por decisión del Rey de España, el cargo de Administrador General de la Renta Real de Correos, compromiso iniciado por José Antonio de Pando en 1772. El Correo Colonial estuvo al servicio de los sectores dominantes, y representaba los privilegios del concesionario, quien vivía con costumbres monárquicas. Las cartas sencillas, encomiendas y envoltorios, se pagaban en Reales, de acuerdo con su peso en onzas y libras, y en razón a la distancia. La tarifa del transporte de oro, plata, alhajas y tesoros, se fijó a un porcentaje del valor del envío.

-Gran parte de esos tesoros fueron a parar a los baúles del famoso pirata y noble caballero Sir Francis Drake, quien asaltaba resuelto los galeones españoles en el Mar Caribe -dije a Angelita la mañana que escribía esta crónica.

- ¡Qué vivo ese pirata, papá! - respondió ella en su expresión juvenil.

Luego de la Independencia Nacional, el Libertador José de San Martín, crea la Administración de Correos, bajo control exclusivo del Estado, hecho que fuera legislado por el Libertador Simón Bolívar en 1824. Tanto en la época colonial como en la republicana, siguieron prestando sus servicios los infatigables Chasquis, quienes unificaron el inmenso territorio a través de una red nacional de caminos, tambos y postas.

El progreso tecnológico del Telégrafo eléctrico, fue decisivo para el desarrollo y perfeccionamiento de las telecomunicaciones, abriendo el camino a la posterior invención del Teléfono. El sistema de telegrafía por medio de electricidad, fue creado en 1833 por los alemanes Gauss y Weber, para luego ser perfeccionado por Samuel Morse en 1837, quien introdujo la utilización de un electroimán que transmitía señales a través de un código provisto por rayas y puntos, llamado alfabeto Morse. En 1839, entró en funcionamiento la primera línea telegráfica mundial en los Estados Unidos de Norteamérica.

En 1857, el gobierno de Ramón Castilla, entregó a don Augusto Goné, la exclusividad en la construcción de las líneas telegráficas de Lima al Callao y de Lima a Cerro de Pasco. Sin embargo, el gobierno declaró en 1867 al telégrafo de propiedad estatal, licitando su administración en remate público, resultando ganador Carlos Paz Soldán, quien ese mismo año fundó la Compañía Nacional Telegráfica. Al decir del historiador Jorge Basadre: Carlos Paz Soldán, puede ser calificado como el verdadero introductor del Telégrafo en el Perú.

Durante el gobierno de Manuel Ignacio Prado, en abril de 1875, la Compañía Nacional Telegráfica, por incumplimiento de expandir nuevas líneas telegráficas en toda la República, pierde la concesión, revirtiendo el servicio nuevamente al Estado. Sin embargo, dos años después, por déficit fiscal, el Gobierno vuelve a entregar, aunque por corto tiempo, este servicio a la compañía de Carlos Paz Soldán, que luego pasaría a ser administrado por la Dirección de Correos y Telégrafos.

A pesar de la reglamentación, pero debido al inexistente reparto de cartas domiciliarias, el correo continuó favoreciendo a los sectores con gran poder adquisitivo y contados usuarios; situación que se modifica desde 1921, cuando el servicio postal telegráfico fue concesionado por el gobierno de Augusto B. Legía, a la compañía particular inglesa The Marconi Wireless Ltda., la cual inicia el reparto epistolar domiciliario, hecho que determina el ingreso de los servicios de telecomunicaciones al capitalismo moderno. La compañía Marconi Wireless, trajo a sus principales funcionarios de Inglaterra y para un servicio rápido, dotó al correo de una flota de camiones propios; por otro lado, es relevante señalar que los uniformes de carteros y choferes fueron confeccionados de casimir inglés.

La flota propia de camiones para correos y telégrafos, fue implementada por la compañía inglesa The Marconi Wireless Ltda., que administró el servicio desde 1921 hasta aproximadamente 1942. (Foto: Lima antigua).

En el momento de los ceses colectivos, ordenado por la autocracia *fujimorista*, el Correo era un Órgano de Línea del Ministerio de Transportes y Comunicaciones (MTC), encargado de dirigir y ejecutar las operaciones postales nacionales e internacionales; institución al servicio exclusivo del Estado. El Correo peruano, contaba en esa fecha, con alrededor de siete mil empleados, 24 Direcciones departamentales, 51 Administraciones postales, siendo sus principales ingresos los provenientes del franqueo y venta de estampillas, así como las entradas por los costos de compensación del Correo de llegada, proveniente de los países que efectuaron mayores envíos, en Convenio celebrado con la Unión Postal Universal, del sistema de las Naciones Unidas.

La organización gremial era, entonces, conducida, por los Sindicatos Departamentales de Trabajadores, que al mismo tiempo formaban la Federación Nacional de Trabajadores Postales (FENTRAP), afiliada a la Confederación Intersectorial de Trabajadores Estatales (CITE). El mejor logro reivindicativo alcanzado por la CITE, se sintetiza en el Primer Pliego de Reclamos presentado al gobierno de Fernando Belaunde, pero lo más trascendente, fue la firma del Acta de Trato Directo, el 27 de marzo de 1985, hecho que constituyó un hito histórico.

-Hay que ser hidalgos en reconocer que nuestra huelga nacional de 21 días, recibió el apoyo unitario de los trabajadores —comentó Raúl Caballero Vargas, secretario colegiado de la CITE, al abandonar las oficinas del Consejo de ministros del Centro Cívico, lugar donde se realizó la negociación y el trato directo.

- ¡Nuestra fuerza es la unidad!, no tenemos nada que perder, compañeros, más que las cadenas que nos oprimen —contestó Javier Alarcón Guzmán, combativo dirigente de los docentes universitarios.

Con la aplicación del nefasto Decreto 004 y de las resoluciones arbitrarias que continuaron, la autocracia fujimorista asestó un duro golpe a la organización de los trabajadores estatales, cuyos principales líderes se situaron en la mira de los despidos, por lo que, el movimiento postal pasó a la clandestinidad.

4. ORÍGENES DE LA ORGANIZACIÓN GREMIAL

Para desenmarañar esta crónica, me propuse bosquejar un panorama del desarrollo sindical, donde explico que los primeros antecedentes de organización de las clases oprimidas, se encuentran en las Cofradías religiosas, transferidas por el colonialismo español. Muchos años después, con el desarrollo mercantil y comercial de Lima colonial y, ante la necesidad que tenían los artesanos de protegerse en su vida social y profesional, surgieron los Gremios, como de los panaderos, zapateros, talabarteros, entre otros. Los Gremios evolucionaron a un nivel mayor de organización, surgiendo las Asociaciones y Sociedades, las cuales conformaron lo que se conoce como "Mutualismo" obrero. El mutualismo apareció por la ausencia de una legislación laboral por parte del Estado que garantizara los derechos de los artesanos, y porque todavía no se daban las condiciones económicas de desarrollo, para el surgimiento del sindicalismo en el país. Según el historiador Jorge Basadre, fue Mariano Salazar y Zapata el iniciador de este movimiento en el puerto del Callao por el año 1850: *Como los lancheros que él llegó a contratar eran, cuando se enfermaban, trasladados a Lima en camilla por no haber, entonces en el puerto, hospitales ni médicos, produciéndose, cuando fallecían, erogaciones para sepultarlos, por lo cual se concibió la idea de formar una Sociedad de Auxilios Mutuos.*

Impulsado por el desarrollo industrial y como mecanismo de defensa de la naciente clase obrera, apareció el anarquismo, difundido por Manuel González Prada, propagando el anarcosindicalismo, que logra la superación del mutualismo, concediéndose una gran envión al desarrollo de la organización sindical. De esta manera, con el desarrollo capitalista de fines del siglo XIX, surgirá el sindicalismo obrero en el país, como instrumento de defensa de los intereses de los trabajadores. Una de las principales conquistas del movimiento obrero, fue la jornada de las ocho horas de trabajo, lograda en 1913, sólo para los jornaleros del muelle Dársena del Callao, y extendida para todos los trabajadores, por Decreto Supremo del 15 de enero de 1919.

Los gérmenes de la organización gremial de los trabajadores postal telegráficos, florecen a mediados de la década de 1910, con la Unión Telegráfica de Auxilios Mutuos, colectivo que obtuvo gran influencia del anarcosindicalismo. Esta organización gremial constituida en 1915, según el historiador Jorge Basadre, demandó al Congreso de la República en

1916, el reconocimiento jurídico de sus asociados, aumentos de sueldos y, otras demandas de carácter reivindicativo. El gobierno llegó a enterarse de la existencia de telegramas que anunciaban medidas de fuerza y decidieron boicotearlas, sometiendo a los dirigentes de la Unión Telegráfica al Código de Justicia Militar. Pese a la represión, la huelga se inició el 30 de setiembre de 1916, y tuvo una duración de 10 días, incluyendo interrupciones del servicio, daño de líneas telegráficas y destrucción de aparatos. Debido a la contundencia de la protesta, el Congreso mediante Ley 02283 del 16 de octubre de 1916, ordenó suspender los procedimientos judiciales, iniciados o seguidos por los jueces militares y del fuero civil con motivo de esta huelga, la cual conquistó importantes mejoras económicas para los trabajadores.

Veamos el testimonio de Daniel Alvares, telegrafista pionero de este movimiento: *Es bueno y oportuno dejar constancia que los morsistas* [*] *peruanos hemos planteado en muchas oportunidades, la imperiosa necesidad de unir a los trabajadores en comunicaciones del país y de América en general. Iniciamos este ideal uniendo en 1915 a los telegrafistas de la costa, sierra y montaña en la entidad Unión Telegráfica de Auxilios Mutuos, institución que planteó a los poderes públicos un reajuste de sueldos; pues, sólo ganábamos sesenta y nueve soles desde el gobierno del Mariscal Ramón Castilla, la estabilidad de los puestos y la revalidación de la Ley de Jubilación, Cesantía y Montepío otorgada por el gobierno de (Ramón) Castilla y derogada en 1875.* Algunos años después, esta pionera, histórica y combativa organización de trabajadores estatales, obtendría su reconocimiento legal.

La crisis capitalista mundial de 1929, originada por la quiebra de la Bolsa de Valores de New York, condujo la retracción de los capitales extranjeros, tanto por la vía de las inversiones directas, como de los préstamos estatales, con el consiguiente decaimiento de las importaciones y exportaciones, condicionando la rebaja de sueldos y originando la pérdida de los puestos de trabajo para muchos obreros y empleados.

Esta crisis repercutió en el país y, en tan difíciles circunstancias, la Junta Nacional de Gobierno presidida por David Samanez Ocampo (11 de marzo al 8 de diciembre de 1931), decretó la rebaja del 15% de los haberes de los empleados públicos, para cubrir la brecha presupuestal. Esta unilateral medida gubernamental originó la protesta popular, estallando huelgas y

---

[*]Morsistas, se refiere a los operadores del Alfabeto Morse

diversas medidas de lucha, donde la organización gremial postal telegráfica cumplió una destacada y combativa participación. En esta época, las Asociaciones de Telegrafistas, de Empleados Postales y de Carteros, estaban legalmente constituidas, si bien para demandas de tipo social y deportivo, pero en la práctica, asumieron una lucha sindical.

En un folio con membrete de la Sociedad de Correos del Perú, hallado por Francisco Núñez Gonzales en el Archivo General de la Nación, cuando indagaba la historia del sindicalismo telefónico, se encuentra el plazo de huelga decretado por la agremiación postal telegráfica al Supremo Gobierno; Francisco, al enterarse que hilvanaba esta crónica, tuvo la gentileza de concederme el folio que textualmente dice:

Lima, 28 de junio de 1931

Señor teniente coronel Prefecto del Departamento. -

Ciudad.

S.P.

El Comité Ejecutivo nombrado en Asamblea General del Ramo de Correos, Telégrafos, Radiotelegrafía, Carteros y Anexos, reunido a horas 1 p.m., de esta fecha, en cumplimiento al acuerdo tomado por unanimidad para conseguir del Supremo Gobierno, la derogatoria del prorrateo del 15% de descuento ordenado por la Junta Central de Presupuesto, de una manera inconsulta, en nuestros haberes, se toma la libertad de dirigirse al despacho de su digno cargo, con el fin de poner en su conocimiento, que en vista del fracaso sufrido en sus múltiples gestiones para conseguir la derogación citada, ha decretado la paralización de todos los servicios a su cargo, señalando para esto el plazo de ley, ó sea de 24 horas, que vencerá el día de mañana a la 1 p.m., a menos que se derogue la decisión de la Comisión Central de Presupuesto, para que se nos abone nuestros haberes sin el descuento proyectado.

Lo que nos apresuramos a comunicar al Sr. Prefecto con el debido respeto para su conocimiento y fines.

Dios guarde a Ud. S.P

(Firmado): Eulogio Pardo Figueroa (presidente Telegrafistas), Carlos Palacios (Radio), Gerardo Ríos Rojas (presidente Sociedad de Carteros), José Valderrama (secretario), firma ilegible.

Agotadas todas las gestiones y después de haberse vencido el plazo estipulado, los trabajadores telepostales decretaron la huelga contra la rebaja de los haberes. En aquel tiempo, la administración del servicio postal telegráfico estaba en manos de la compañía particular inglesa The Marconi Wireless Ltda., cuya concesión fue otorgada por el gobierno de Augusto B. Leguía, y que rigió desde 1921 hasta aproximadamente 1942.

La combatividad y resistencia del movimiento huelguístico hizo retroceder al gobierno, logrando que los magros sueldos no sean rebajados, pero los trabajadores sufrieron una fuerte represión, con muchos presos y despedidos. Los detenidos fueron confinados e incomunicados en las mazmorras de El Sexto, siendo puestos en libertad, por la presión de las bases y las gestiones de la propia compañía Marconi, que trajo a sus principales funcionarios de Inglaterra.

Transcurridos más de veintiséis años de una entrevista realizada con motivo de mi aludida tesis, traslado a esta crónica, una secuencia del testimonio fidedigno de don **Gerardo Ríos Rojas,** paradigma de luchador social y fundador en el año 1923, de la Asociación Nacional de Carteros y Anexos de Correos del Perú:

"Colega Samuel, respondiendo a su amable entrevista, puedo decir que nosotros comprendíamos, especialmente el que habla, que éramos el instrumento de lucha, teniendo bien organizados a los empleados subalternos como son: carteros, dependientes, chauferes y conductores de telegramas. No podían funcionar los servicios sin nosotros. Nos unimos todo el personal y como consecuencia de ello vinieron las represalias y me llevaron preso a El Sexto. Estuve 17 días detenido. Estábamos nosotros imposibilitados de organizarnos, porque éramos servidores del Estado. Cuando salí me llamó Mr. Randall y lamentó la situación que había pasado. Me dijo Sr. Gerardo Ríos, nosotros tenemos mucha deferencia a las actividades y la forma cómo están ustedes encaminando las conquistas sociales a que tienen derecho. Lamentablemente, nosotros estamos simplemente administrando los servicios; no podemos hacer intervenciones en el mandato que está haciendo el gobierno".

Este período fue tan convulsionado, que determinó la protesta de otros sectores, como la de los Maestros de Escuela de Lima y Balnearios. Las Empresas Eléctricas Asociadas también intentaron rebajar los salarios de sus trabajadores, pero ante la amenaza de huelga del poderoso Sindicato de Tranviarios y Motoristas, la compañía reintegró lo descontado. Las Operadoras Telefónicas lideradas por Elvira Taboada, protagonizaron una exitosa huelga de 30 días, que concluyó con el Laudo Arbitral del alcalde de Lima, José de la Riva Agüero y Osma, expedido el 25 de setiembre de 1931.

La entrevista realizada a don Gerardo Ríos Rojas en 1985, sirve para explicar y recuperar la verdadera historia del gremialismo postal, sus principales conquistas y beneficios, así como la represión y despidos sufridos en el desarrollo de su azarosa existencia. De tal manera y teniendo como fuente principal a personajes que participaron en los propios acontecimientos, como Fernando Molina Crisóstomo, Carlos Bruzzone, Pablo Granda Dongo, José Zapara Paredes, entre otros conspicuos dirigentes, puedo dar fe y confirmar la autenticidad de las indagaciones.

La pésima situación económica, muy difícil de sobrellevar, motivó que, en el año 1938, durante el gobierno represivo del Mariscal Oscar R. Benavides, se realizara la Primera Huelga Nacional de Correos y Telégrafos. Esta medida de fuerza se desarrolló de la siguiente manera: Ampuero, quien era empleado del Departamento de Ingeniería, fue el encargado de divulgar la consigna en toda la República para la suspensión de los servicios.

-El santo y seña era en clave con el código Morse -manifestó don Gerardo Ríos Rojas-. "Ya", significaba la paralización total de los servicios y, "Sí", significaba levantar la huelga. Las demandas enarboladas en esta Primera Huelga Nacional, fueron: aumento de haberes, rebaja de la jornada de trabajo, derecho a vacaciones, descanso dominical, entre otros.

Luego de seis días de rotunda paralización, se logró un aumento de 11% en los haberes para todo el personal. A raíz de este movimiento, se empieza a consolidar la organización, desarrollándose la consciencia de clase y el sentimiento unitario de los trabajadores.

-En esos años, existían en Lima 45 carteros; el horario para el personal subalterno era de 12 a 15 horas diarias, sin gozar de descanso dominical ni vacaciones, -expresó don Gerardo Ríos Rojas-. La jornada de ocho horas de trabajo, que ya prevalecía para los trabajadores de la actividad privada, era una justificada demanda de nuestro gremio.

En el preciso momento de la entrevista, como por arte de magia y, reafirmando lo dicho por don Gerardo Ríos, se escuchaba por la radio el bolero: Linda, interpretado por Daniel Santos: ..." Pero si el **domingo**, todas las tardes, salgo a ver al Cartero, a ver si trajo algo para mí. Oh Virgen de Altagracia, quizás un día, se acuerde de mí".

Los telegrafistas, fueron los más avanzados de este movimiento, hecho que se explica en la rápida comunicación con los trabajadores de todo el mundo, a través del sistema Morse, hecho que permite conocer las conquistas sindicales y sociales de la época. Pero, las primeras luchas se realizaron en forma aislada, característica que se iría superando con el desarrollo del nivel de la conciencia de clase de los trabajadores. La Asociación de Telegrafistas y Radiotelegrafistas, cumplió un rol decisivo en la conducción de la Primera Huelga Nacional, destacando los históricos líderes Antonio Torres Segura y Benito Vallés.

Las condiciones socio económicas permitieron desarrollar, en el mismo proceso de lucha, el nivel de conciencia de los trabajadores, quienes, superando el mutualismo y la heterogeneidad interna, asumen en forma unitaria, la defensa de sus intereses de clase. Otra característica del movimiento postal telegráfico, fue el desarrollo de su lucha a nivel nacional, combinándose en forma dialéctica, el reconocimiento de la libertad de asociación, el aspecto económico y la identidad social.

El primer gobierno de Manuel Prado (1939-1945), recibió el apoyo del partido comunista y del partido aprista, respaldo que significó una mayor libertad para el movimiento sindical, que logró su reactivación luego del período 1933-1939 de Oscar R. Benavides, caracterizado por la represión al movimiento obrero, y que el sociólogo Denis Sulmont denomina los "años bajo tierra".

Por Resolución Suprema del 19 de julio de 1944, se reconoce oficialmente el "Día del Cartero Peruano", señalando el 29 de agosto para su celebración. Detrás de la lucha por el reconocimiento social del cartero, estaba presente una utopía, perennizada en el recuerdo del Chasqui, como paradigma de servicio, valor y artífice principal de las comunicaciones. Esta utopía del cartero, expresada por Gerardo Ríos

Rojas, Max La Rosa, Antenor Sánchez Torrico y otros líderes, se convirtió en la fuerza de la lucha contra la marginación y el elitismo, en busca de su identidad en la misma acción y, reivindicando sus aspiraciones más sentidas.

Inspirados en esta utopía, se lanzaron a buscar mayores formas de organización; es así cómo surgió la pionera Federación Postal Telegráfica del Perú en 1944, siendo gestores de esta integración: Gerardo Ríos Rojas, Mauro Jiménez, y Aurelio Neira Román, representantes de las asociaciones de carteros, empleados, telegrafistas y radiotelegrafistas. Esta pionera federación tuvo una efímera existencia.

El domingo 7 de octubre de 1928, en la vivienda del dirigente ferroviario Avelino Navarro Dasa, ubicada en la calle Lima 524-Barranco, se fundó el Partido Socialista del Perú, animado y encabezado por José Carlos Mariátegui, contando con la participación de Julio Portocarrero, Avelino Navarro Dasa, Ricardo Martínez de la Torre, César Hinojosa, Fernando Borja, Luciano Castillo, Chávez León y Bernardo Regman. Poco después de la muerte de Mariátegui, el Partido Socialista del Perú, se constituyó en Partido Comunista Peruano.

En el período de los "años bajo tierra", el gobierno de Benavides desmovilizó a la Confederación General de Trabajadores del Perú (CGTP), organización clasista fundada en 1929 por José Carlos Mariátegui y otros líderes populares, cuyo primer secretario general fue el obrero textil de Vitarte Julio Portocarrero. Este hecho determina la instauración del "Pacto Sindical de Santiago" entre apristas y comunistas, alianza que permitirá el surgimiento de la Confederación de Trabajadores del Perú (CTP) el 1 de mayo de 1944. El primer secretario general de la Central fue el dirigente comunista Juan P. Luna, siendo posteriormente dirigida por los compañeros apristas, liderados por el dirigente histórico Arturo Sabroso Montoya.

En el Parque de la Reserva. De izquierda a derecha: José Bracamonte. José Carlos Mariátegui, Jorge del Prado Chávez, Luciano Castillo, C Sánchez y Ricardo Martínez de la Torre. Año 1929. (Foto unalimaquesefue.)

La apertura democrática del gobierno constitucional de José Luis Bustamante y Rivero: 1945-1948, fue de gran importancia para la reactivación del sindicalismo; hecho que se reflejó en el movimiento telepostal, porque la Asociación de Telegrafistas y Radiotelegrafistas (ATRP), presidida por Fernando Molina Crisóstomo, presentó oficialmente su Primer Pliego de Reclamos, que, por extensión, comprendía al conjunto de trabajadores del gremio.

-En esta histórica lucha se demandó principalmente: revisión de los haberes, propiedad del empleo, descanso dominical, atención médica inmediata —dijo el telegrafista Fernando Molina, en las indagaciones para mí referida tesis.

El corto período democrático de Bustamante y Rivero, permitió que los postales orientaran sus fuerzas a la realización de Convenciones, Congresos y Seminarios, que sin duda contribuyeron al desarrollo de su nivel de conciencia sindical.

En esta perspectiva, se realiza, en el año 1945, la Primera Convención Postal Telegráfica del Centro, con el objetivo principal de consolidar la organización. Carlos Bruzzone, presidente de la ATRP, fue uno de los principales impulsores del magno evento.

En febrero de 1946, con el aval del propio gobierno, fue patrocinada la participación de una delegación de trabajadores al Encuentro de Amistad Telepostal, realizado en Santiago de Chile, cuya representación recayó en Gerardo Ríos Rojas, Max La Rosa y Antenor Sánchez Torrico, presidente, secretario general y secretario de organización, respectivamente de la Asociación Nacional de Carteros.

Los objetivos de la delegación peruana fueron: adquirir experiencia internacional, profundizar la organización sindical, adoptar una fecha uniforme para celebrar el Día del Cartero y, aunar esfuerzos para formar la Federación Latinoamericana de Empleados de Telecomunicaciones. La búsqueda de identidad, fue el elemento constante en el movimiento postal. "La búsqueda de identidad, el protagonismo de los individuos como actores sociales, el afán de entender la intrincada realidad que no era percibida a simple vista, estuvieron presentes, desde los inicios del movimiento postal telegráfico", pensé.

La celebración del Día del Cartero peruano en 1946, se convirtió en un Encuentro Latinoamericano, que contó con delegaciones postales de Venezuela, Chile, y Colombia, evento donde se constituye el Comité Organizador del Primer Congreso de Carteros de América, el cual se realizó en Lima, el 29 de agosto de 1947. Antenor Sánchez Torrico, fue el propulsor de este evento internacional, cuya principal finalidad fue elevar la dignidad del Cartero, y conquistar su derecho de libre organización. En este Congreso, se acordó celebrar el 29 de agosto el Día del Cartero en todas las repúblicas de América, por la creencia de que, en un día similar del año 1533, las huestes de Francisco Pizarro dieron muerte al Inca Atahualpa en Cajamarca.

El Primer Congreso de Carteros de América, permitió a los sacrificados trabajadores del bolsón, desarrollar sus vínculos de solidaridad nacional e internacional (*).

(*) El telegrafista venezolano Guillermo García A., partícipe de este evento, fue uno de los fundadores de la Confederación Latinoamericana de Trabajadores en Telecomunicaciones (CLTC), con sede en Caracas-Venezuela.

Sociedad Empleados de Correos del Perú
Fundada el 21 de Setiembre de 1923

SECRETARIA GENERAL

APARTADO. 685
LOCAL: "PASAJE CARMEN"
BAJOS

Lima, a 28 de Junio de 1931.

Señor Teniente Coronel Prefecto

del Departamento.-

Ciudad.

S.P.

El Comité Ejecutivo nombrado en Asamblea General del Ramo de Correos, Telégrafos, Radiotelegrafía, Carteros y anexos, reunida a horas 1 p.m. de esta fecha, en cumplimiento al acuerdo tomado por unanimidad para conseguir del Supremo Gobierno, la derogatoria del prorrateo del 15 % de descuento ordenado por la Junta Central de Presupuesto, de una manera inconsulta, en nuestros haberes, se toma la libertad de dirigirse al despacho de su digno cargo, con el fin de poner en su conocimiento que en vista del fracaso sufrido en sus múltiples gestiones para conseguir la derogación citada, ha decretado la paralización de todos los servicios a su cargo, señalando para esto el plazo de ley, ó sea de 24 horas, que vencerán el dia de mañana a la 1 p.m. a menos que se derogue la decisión de la Comisión Central de Presupuesto, para que se nos abonen nuestros haberes sin el descuento proyectado.

Lo que nos apresuramos a comunicar al Sr. Prefecto con el debido respeto para su conocimiento y fines.

Dios gue. a Ud.

S.P.

Eulogio Pardo Figueroa
Presidente Telegrafistas.-

Radio

J. W. Valderrama
Secretario

Plazo de huelga del Comité Ejecutivo Postal Telegráfico, 28 de junio de 1931. Dentro de los firmantes figura el presidente de la Asociación de Carteros, Gerardo Ríos Rojas. (Archivo de la Nación).

Carátula de La sindicalización postal – telegráfica en el Perú. Lima, 1986. Foto tomada del libro: El Correo en el Perú, NIERI, Julio César. Lima - 1935

5. VÍCTIMAS DEL FUNDAMENTALISMO NEOLIBERAL

L a historia registra que, el 28 de julio de 1990, asume la presidencia del Perú, el Ing. Alberto Fujimori, líder del Movimiento Político Independiente Cambio 90, luego de derrotar en las urnas al laureado escritor Mario Vargas Llosa, representante del frente electoral FREDEMO. La victoria de Alberto Fujimori, se consumó por el desprestigio de los partidos y de la clase política, incapaces de presentar propuestas para resolver la crisis económica, por la corrupción sistemática en las altas esferas del gobierno, y, por el terrorismo que no era enfrentado con una estrategia integral y efectiva.

Cambio 90, tuvo como base algunas propuestas inconexas, pero sin presentar un programa de gobierno definido; sólo se apoyó en el lema: "Tecnología, Honradez y Trabajo", hábilmente propagado por su advenedizo líder, quien recorría las calles montado en un viejo tractor, mientras que el FREDEMO ofrecía un programa de ajuste económico severo, muy temido por la mayoría de la población, que no lograba sobreponerse a la inflación más grande del mundo. Esto fue decisivo para inclinar la balanza en favor de Alberto Fujimori, quien con los votos del aprismo y de los sectores de izquierda, se impuso en segunda vuelta electoral. "Todos temíamos el shock", pensaba Carmen Hortensia.

Deshonrando la promesa electoral de "no shock", y sin considerar su humilde procedencia, que no lo amilanó en lo más mínimo para aplicar decisiones duras, Alberto Fujimori, a pocos días de instalado su gobierno, aplicó a rajatabla un garabato de fundamentalismo neoliberal. A través del ministro de Economía y Finanzas, Juan Carlos Hurtado Míller, presentó ante el asombro de millones de peruanos, un paquete económico que superaba todas las previsiones, el cual consistía en la aplicación de un *shock* que, por su proporción tuvo efectos devastadores en la economía popular, que tal vez ni el propio Mario Vargas Llosa habría aplicado:

> *"La lata de leche evaporada que hoy costaba en la calle 120 mil intis, costará a partir de mañana 330 mil intis"*

> *"El kilo de azúcar blanca que sólo se conseguía a 150 mil intis, costará a partir de mañana 300 mil intis"*

> *"El pan francés que esta tarde costaba 9 mil intis, costará a partir de mañana 25 mil intis".*

Fujimori, que en su campaña electoral ofreció el "no shock", soltó a través de su ministro de Economía, un huayco que dejó magullado al país. Pero lo más preocupante del mensaje en cadena nacional que duró 35 minutos, era la ausencia de un programa de ayuda social para los sectores más débiles. En tanto, el dólar sobrepasó los 300 soles y la gasolina se disparó hasta la estratósfera. En ese sombrío mes de agosto, la inflación trepó al 400%. "Esa noche junto a Carmen Hortensia, veíamos televisión, creí que el mensaje no era real". "Dios nos coja confesados", dijo ella.

El *"fujishock"*, literalmente desprovisto de un programa de emergencia social, condujo en forma sesgada, sobre los hombros de la clase trabajadora, el sacrificio de los más pobres y el ajuste de los cinturones, a reducir la inflación, acabando con la aplicación de subsidios y el control de precios. En tanto, el gobierno negociaba la deuda externa para lograr reinsertar al país con la comunidad internacional. Su impacto en los sectores populares fue avasallador.

-No me explico, por qué la gente no se levantó -me refirió años después Moisés Guevara, colega postal, quien repartía la correspondencia oficial en el Correo del Callao.

"La aplicación del shock produjo un impacto brutal en los modestos hogares de los empleados públicos, quienes vieron disminuir su capacidad de compra que no alcanzaba a cubrir ni un tercio de la canasta familiar", recordé aquella fría mañana de julio cuando escribía esta crónica.

Carmen Hortensia, puntual servidora del Correo de Lima, que con enorme sacrificio tenía matriculada a su menor hija Ana Miluska, en colegio particular, como tres millones de madres, se encontró en el dilema de no poder pagar la matrícula escolar. "El sueldito ya no me alcanza para pagar la mensualidad del Javouhey y llevar un pan a la mesa de mi hogar", pensó la angustiada madre.

El entonces ministro de Economía, y años después prófugo de la justicia, dijo al finalizar su mensaje a la nación: ¡" *Qué Dios nos ayude"* !, porque era consciente que las medidas de ajuste, presentadas en una caricatura neoliberal y exenta de toda oposición, estaban desprovistas de un programa de ayuda social. Por el desastroso impacto que causó en la población indefensa, el *fujishock* fue una manifestación del llamado *capitalismo salvaje*, inscrito en el fundamentalismo económico y la globalización.

La versión maquiavélica y dogmática del neoliberalismo ejecutado por el *fujimorismo*, soslayó el aspecto social de la persona humana; y, sin ningún tipo de escrúpulos, impuso un gobierno autocrático que tuvo entre sus principales víctimas a 500 mil servidores públicos despedidos.

Refirámonos brevemente a la súplica de Hurtado Míller: *Que Dios nos ayude.* Al respecto, podemos decir que, *en la gigantesca misa del 25 de marzo de 1998, celebrada en la Plaza de la Revolución de la Habana, el Papa Juan Pablo II criticó el "capitalismo salvaje" y la falta de libertad, haciendo insistentes reclamos en favor de la justicia. En su homilía, el Papa recordó que el mensaje de amor y solidaridad del Evangelio, no es en absoluto una ideología, ni un sistema económico o político nuevo, sino un camino de paz, justicia y libertad verdaderas. Luego de fustigar las ideologías de las más grandes potencias económicas, que en estos dos últimos siglos, han potenciado el enfrentamiento como método, Juan Pablo II lanzó el más duro ataque contra el "capitalismo salvaje", advirtiendo que "resurge en varios lugares una forma de neoliberalismo capitalista, que subordina a la persona humana y condiciona el desarrollo de los pueblos a las fuerzas ciegas del mercado, gravando desde sus centros de poder a los países menos favorecidos con cargas insoportables. En ocasiones, se imponen a las naciones, como condiciones para recibir nuevas ayudas, programas económicos insostenibles. De este modo, se asiste al enriquecimiento exagerado de unos pocos a costa del empobrecimiento creciente de muchos, de forma tal que los ricos son cada vez más ricos y los pobres cada vez más pobres".*

Existe una variedad de trabajos que tratan sobre las implicancias del fundamentalismo económico; tema que por su extensión corresponde a otra indagación.

Es lícito argüir que el paquete económico de principios de 1991, ligado al dramático ajuste estructural y las reformas de libre mercado, aplicado por el nuevo ministro de Economía Carlos Boloña, de conformidad con las recetas del FMI y el Banco Mundial, acabaron con la hiperinflación que cedió paso a la recesión y a los despidos masivos. Estas medidas liberales, amarradas al hecho de que el poder Legislativo delegó al Ejecutivo poderes especiales para legislar en áreas económicas, respondían a las cartas de intención, prescritas por mandamases de dominio mundial, con el fin de establecer la flexibilización laboral, aprobar la venta de las empresas públicas, derogar las exoneraciones tributarias y el control de precios; para dar pase libre a la reinserción económica y normalizar el pago de la deuda externa.

De un solo plumazo, se acabó con la estabilidad laboral y la jornada de las ocho horas de trabajo, conquistada por el movimiento obrero hace casi un siglo atrás, inaugurándose así la informalidad y flexibilización del empleo, a través del Sistema de Servicios No Personales (SNP) y el Régimen Especial de Contratación Administrativa de Servicios (CAS), que asestaron un duro golpe a la libertad sindical y truncaron el derecho a una pensión digna.

En mis indagaciones, percibí, que la firma de un préstamo por US $ 425 millones con el Banco Interamericano de Desarrollo, en setiembre de 1991, significó para el Perú el primer crédito multilateral fresco en los últimos cinco años. Enrique Iglesias, presidente del Banco, lo llamó un signo de gran afecto del BID y su administración por el vigoroso programa de estabilización económica que se estaba ejecutando.

Con esta transacción, el Perú ganaba la aprobación oficial del FMI para su programa de estabilización económica, por lo cual se le levantó el status de país inelegible. Poco después, se lograba *renegociar* el programa de pagos de toda la deuda externa ascendente a US $ 6.6 miles de millones de deuda con el Club de París, el grupo de las principales naciones industrializadas.

De esta manera, el país continuó honrando el pago puntual de la deuda externa a banqueros usureros y magnates del mundo, con asientos en los organismos Multilaterales de préstamo.

"El pago de la deuda externa llegó a convertirse en la prioridad de la autocracia fujimorista", me dijo el dirigente del sindicato telefónico José Centurión, en una conversación con motivo de esta crónica.

En la visita que el director general del FMI, Michel Camdessus realizará en febrero de 1992, proclamó al Perú como "ejemplo para otros países alrededor del mundo", por haber casi duplicado sus ingresos tributarios en un año, hasta el 8% del Producto Bruto Interno; hecho, que, sin lugar a dudas, sirvió para la subvención de los países pobres a los banqueros internacionales.

Debido a las discrepancias surgidas entre los poderes públicos amenazados por la intromisión de sus fueros, y al hecho concreto que el fujimorismo se encontraba en minoría parlamentaria, ya que, de un total de 60 senadores, Cambio 90 tenía 14, y sólo 32 de los 180 diputados, lo que, según el jefe de Estado, se convirtió en trabas para la gobernabilidad. Alberto Fujimori, con el apoyo del "asesor de la alta dirección" del Servicio de Inteligencia Nacional, Vladimiro Montesinos Torres y de algunos miembros de la oligarquía militar, dio un autogolpe de Estado el 5 de abril de 1992, anunciando a través de los medios de comunicación: *disolver*, *disolver* el Congreso, el Poder Judicial, el Consejo de la Magistratura y el Ministerio Público, instaurando un *gobierno de emergencia y reconstrucción nacional;* autogolpe que, debido a intereses propios y a un falso reflejo de la realidad, recibió el respaldo de las Fuerzas Armadas y de la población angustiada.

Poco después, obligado por la presión política y la Comunidad Internacional, Alberto Fujimori convoca a una Asamblea Constituyente, a la que ostentosamente llamó *Congreso Constituyente Democrático*, que hábilmente sirvió a su reelección presidencial y para legitimar la flexibilización laboral, llámese desaparición de los derechos de los trabajadores, conquistados en gloriosas jornadas de lucha. De esta manera, de acuerdo con la nueva Constitución, volvió a postular en 1995, cuyo competidor, a quien en forma amañada derrota en las ánforas, fue el embajador Javier Pérez de Cuéllar.

6. El CASO CARMEN HORTENSIA

Cuando por disposición del Gobierno se decretan los ceses colectivos, Carmen Hortensia frisaba los cuarenta años de edad, de los cuales había acumulado quince al servicio del Estado, y tenía la tutela de su menor hija Ana Miluska, quien con ayuda filantrópica logró terminar la secundaria en el Colegio Beata Ana María Javouhey del distrito limeño de San Martín de Porres", recordé al escribir esta crónica.

-El año de los nefastos despidos, Ana Miluska fue considerada como la jugadora más destacaba de voleibol en las olimpiadas escolares auspiciadas por la Asociación de Colegios Religiosos, donde el Javouhey salió campeón –me dijo Carmen Hortensia emocionada.

-Por ello y su talento, mereció la beca –respondí a la orgullosa madre.

El aciago ocho de enero de 1991, cuando aún persistían los efectos del traumático fujishock, el jefe de Estado, llamado por él mismo como chino Fujimori, aduciendo rollos como que: "recibió una administración pública sobredimensionada"; que, "era necesario que la actividad del gobierno contribuyera a lograr la estabilidad económica y el equilibrio financiero del país"; que, "para la racionalización del Estado se requería promover el cese voluntario de los trabajadores, sin vulnerar los derechos establecidos, ni la estabilidad laboral"; bla, bla, bla; con el voto aprobatorio de sus ministros, refrendó el Decreto Supremo Nº 004-91-PCM, que en adelante llamaremos nefasto Decreto, el cual sentenció:

> *"Declárese en estado de reorganización a todas las entidades públicas comprendidas en el Gobierno Central, Gobiernos Regionales, Instituciones Públicas Descentralizadas, Corporaciones de Desarrollo y Proyectos Especiales".*

> *"Dentro de los veinte días calendarios siguientes a la fecha de publicación del Decreto Supremo, los trabajadores auxiliares y técnicos, sujetos al régimen laboral del Decreto Legislativo 276 y su reglamento, podrán solicitar su cese acogiéndose a los incentivos que se establecían en aquel Decreto".*

> *"Vencido el plazo, el Titular del Sector contaría con sesenta días calendarios siguientes, para culminar el proceso de reorganización de la Administración Pública, en cuyo caso el*

personal excedente sólo percibirá el beneficio extraordinario de diez remuneraciones mensuales".

Los incentivos excepcionales y extraordinarios para el personal sujeto al Régimen de Pensiones de la Ley 19990, fueron a razón de I/m. 25.00 por año de servicios, siendo 400 intis, el promedio total percibido por cada trabajador cesado. Como el valor del inti se equiparaba con el dólar norteamericano, los trabajadores que fueron coaccionados a renunciar bajo la amenaza del despido, recibieron la irrisoria suma de 400 dólares de compensación por su ciclo laboral. De esta manera, la *autocracia* fujimorista creó una metamorfosis más absurda que la de Franz Kafka, convirtiendo los despidos colectivos en política de Estado.

En los meses siguientes, y sobre la base del nefasto Decreto, se incluyeron a los servidores de confianza y profesionales que no fueron considerados en la resolución inicial. A los trabajadores sujetos al Régimen de la llamada Cédula Viva, se nos otorgó: *"el reconocimiento extraordinario de tres a cinco años de servicios, o una bonificación de 375 intis",* recordé.

Algunos podrán discrepar con lo que aquí se señala; están en su pleno derecho, pero las indagaciones reflejan que en fiel observancia del fundamentalismo neoliberal, fue cómo se engendraron en todos los organismos estatales, las resoluciones que dictaminaron despedir a 500 mil servidores públicos, convirtiendo al nefasto Decreto, en una espada de Damocles para quienes, por el sólo hecho de estar sirviendo al Estado, fueron conminados a renunciar en forma "voluntaria", con el incentivo promedio, por única vez, de 400 dólares americanos.

"Sin lugar a dudas, que se trataba de un despido encubierto", fue el conmovedor pronunciamiento de los diferentes gremios sindicales, como la Confederación Intersectorial de Trabajadores Estatales (CITE), que poco podían hacer, debido a que se convirtieron en la mira de la feroz embestida anti laboral de la autocracia. La reacción de los sindicatos ante la ola de despidos, y las exigencias de diálogo de la Confederación General de Trabajadores del Perú (CGTP), fueron desoídas por el gobierno fujimorista; en respuesta, el 28 de agosto de 1991, la Central Mariateguista convocó a un paro contra el paquete de medidas económicas impuestas.

La represión desenfrenada a los líderes gremiales del país, se había iniciado años atrás, a raíz del histórico Paro Nacional del 19 de julio de

1977, convocado por el Comando Unitario de Lucha (CUL), con el cual se logró que la dictadura militar de Francisco Morales Bermúdez, convoque a elecciones democráticas, precedidas por una Asamblea Constituyente. El paro del 19 de julio, tuvo el costo social de más de 5 mil dirigentes despedidos y la muerte de siete jóvenes que fueron abatidos en el distrito de Comas: Jorge Jáuregui, Juan Flores Milla, Alberto Ayala, Fulvia Pardavé, Flor Arcaje Pérez, Julio Laynes, y Zenobio Pastrana Soto. *"La sangre derramada por el pueblo, hace fértil la democracia y el progreso de Comas",* reza el epitafio del monumento levantado en la berma central de las avenidas Túpac Amaru y Belaúnde.

La represión a los dirigentes continuó a lo largo de las dos décadas siguientes, siendo víctimas de la persecución política muchas personas; entre ellas, el dirigente campesino Jesús Oropeza Chonta, detenido y ejecutado en Ayacucho el 28 de julio de 1984; el dirigente de aduanas, Óscar Delgado Vera, secuestrado y desaparecido en Lima, el 14 de diciembre de 1988, y el dirigente de los docentes universitarios, Javier Antonio Alarcón Mendoza, secuestrado y desparecido en las alturas de Junín, en diciembre de 1989. "Junto a Óscar Delgado, Javier Alarcón, y miles de asalariados estatales, realizamos fatigosas marchas, desde la Plaza Dos de Mayo, hasta el Congreso Nacional y la Presidencia del Consejo de ministros, donde la CITE combatía por los sagrados derechos de los trabajadores públicos y las libertades democráticas", recordé esa fría mañana.

Entre los años 1991-1994, en el contexto de la presente crónica, fueron asesinados: Juan Andahua Vergara, Secretario de Organización del Sindicato de Trabajadores de Coca Cola, Pedro Huilca Tecse, Secretario General de la CGTP, y los dirigentes de Construcción Civil: Alipio Chauca de la Cruz y Juan Marcos Donayre Cisneros. Asimismo, en el Informe de la **Comisión de la Verdad y Reconciliación**, referido a Los Sindicatos, Gremios Empresariales y Organizaciones de Mujeres, se aprecia que *"La Confederación Mundial de Organizaciones de Profesionales de la Enseñanza (CMOPE), aduce una serie de asesinatos, detenciones y actos de violencia contra los docentes miembros del Sindicato Único de Trabajadores en la Educación del Perú (SUTEP), a partir del inicio de la huelga del 8 de mayo de 1991, cuya represión tuvo un balance de 2 mil docentes arrestados temporalmente, 20 desapariciones y 14 asesinatos. Así, pues, el 17 de mayo de 1991, siete docentes fueron detenidos por el Ejército Peruano en la provincia de Ayacucho; se descubrieron más tarde* *en una fosa común, los cadáveres de cinco de ellos. En la provincia de Pucallpa (Ucayali), desaparecieron los docentes Marcelino Navarro Pezo, Leopoldo Navarro Díaz, Luis Torres Camilo y, en la provincia de Huancavelica, el docente Ardón Pariona. Los docentes Betty Panaifo, Nicolás Lavajo y Moisés Teneiro, fueron lanzados desde un helicóptero (uno de los sobrevivientes que se quedó colgado en un árbol, pudo denunciar estos hechos). En la provincia de Pucará (Puno), fueron asesinados Porfirio Suni (13 de mayo de 1991), Pablo Mamani Marchena y Germán Macedo (24 de mayo de 1991)".*

Las medidas del gobierno, impuestas por la prédica del fundamentalismo económico y relacionadas con los brutales despidos, determinaron el envilecimiento de las instituciones, principalmente de las Fuerzas Armadas y de los órganos de justicia, quienes, al decir del laureado escritor de Conversación en la Catedral, *fueron objeto de purgas y reorganizaciones, encaminadas a marginar o destituir a los oficiales constitucionalistas, a los jueces probos y a los funcionarios honestos y competentes, para reemplazarlos por dóciles, prevaricadores e ineptos, a los que el régimen podía instrumentalizar para sus operaciones punibles.* En este grupo de despedidos, encontramos a decenas de honestos oficiales de las fuerzas armadas, centenares de embajadores de carrera pública y magistrados decentes, entre ellos el defenestrado juez Guillermo Cabala.

No cabe la menor duda de la irregularidad cometida en el caso de Carmen Hortensia, quien tuvo que renunciar al Correo-MTC, debido a la presión psicológica y al pánico colectivo existente; acto consumado el 16 de abril de 1991, cuando por afrontar un proceso de gestación, se encontraba con Licencia por Maternidad y con descanso post natal. La irregularidad, puede comprobarse con la partida de nacimiento de Ángela María, quien vino al mundo el trece de abril de 1991, tres días antes del cese.

-Es una niña tan dulce -dijo Carmen Hortensia a Graciela, su hermana obstetra, quien en forma muy diestra atendió el parto de Angelita, en su propio domicilio del Callao. Graciela había traído al mundo a 900 niñas y niños del distrito de Villa el Salvador, lugar donde brindaba apoyo comunitario la institución Save The Children, donde ella laboraba.

Afuera, en la densa Urbanización Santa Rosa, el ruido ensordecedor de los aviones que se aprestaban a tocar suelo en el aeropuerto Jorge Chávez, se confundía con el llanto de la recién nacida. Mientras, el improvisado trío

"Los Conchesumas", entonaban una serenata criolla con guitarra y cajón, celebrada con algarabía por Ana Miluska, Roxana Laura, Johan y Lorena, quienes estuvieron presentes en el momento del alumbramiento. "Cuando nació Angelita, yo me encontraba en la casa de mi hermano Víctor, de la Urbanización El Álamo en Comas, donde con su anuencia nos alojamos a raíz del *fujishock*". Fue Ana Miluska, quien a la primera luz del día me comunicó la feliz noticia:

-Samu, ¡Es mujercita! -dijo.

- ¡Mi niña bonita! -respondí emocionado.

Conocí a Carmen Hortensia, luego de mi reincorporación a la administración del Estado; conquista lograda en cumplimiento de la Ley 23215 de Amnistía Política Social, promulgada por el presidente Fernando Belaúnde, el 28 de julio de 1980, mediante la cual también se restituyen los derechos y bienes a los propietarios de los medios de prensa confiscados por el gobierno militar. La Federación Única de Trabajadores Telepostales (FUTT), después del memorable triunfo obtenido en la huelga de 1975, urgida por la solución de su pliego de reclamos, en pleno "estado de emergencia, suspensión de garantías y toque de queda", convoca, en diciembre de 1976, un paro de protesta de 24 horas, el cual desemboca en la más cruel represión al movimiento postal. En la madrugada del día 16, fueron arrestados los principales líderes, quienes son secuestrados de sus domicilios por agentes de seguridad del Estado, entre ellos: Domingo Flores Soria, Froilán Juro Monzón, Héctor Chumpitaz López, Luis Alcántara Rodríguez, Domingo Sánchez Romero, Pedro Guerra del Águila, Julián Sánchez Aranda, y Carlos Arrascue Fernández. Con casi la totalidad de dirigentes presos y en confusas circunstancias, se inicia la huelga indefinida a partir del 18 de diciembre de 1976. La llamada *segunda fase del gobierno militar*, esgrimiendo una Resolución promulgada por el ministro de Transportes y Comunicaciones, general Elivio Vannini Chumpitazi, ordenó la destitución de 150 trabajadores, a quienes se nos enjuicia en la Zona Judicial de Policía, por sabotaje a las comunicaciones, cancelándose, además, las organizaciones sociales y económicas existentes.

Ante estos atropellos, la Central Latinoamericana de Trabajadores (CLAT), presentó el 11 de febrero de 1977, una queja ante la OIT contra el gobierno del Perú, por violación de los derechos de organización consagrados en los Convenios Internacionales; demanda que fue admitida y monitoreada por Emilio Máspero, y Eduardo García More, conspicuos dirigentes de la CLAT.

A fin de asumir la lucha por la reposición, la libertad de los detenidos, la restitución de las instituciones y con la organización gremial acéfala, en enero de 1977, los familiares crean el Comité de Despedidos. Estos comités surgieron en todos los sectores que sufrieron la represión de la dictadura militar, para la defensa del derecho al trabajo y como forma de subsistencia. Por la presión de estos comités y del movimiento popular en su conjunto, el 27 de abril de 1977, se arrancó al gobierno, el Decreto Ley 21839 de *Indulto Especial y Corte de Juicios a Varios Sentenciados e Inculpados*, concediéndose libertad a luchadores políticos y sindicales encarcelados, entre ellos los postales Luis Alcántara Rodríguez, Héctor Chumpitaz López y Froilán Juro Monzón, a quienes se les cortó los juicios sumarios por "sabotaje a las comunicaciones", ventilados en la Segunda Zona Judicial de Policía, ordenándose su archivo definitivo.

El 11 de mayo de 1978, en el atrio del Convento de Santo Domingo y, como reza el verso de Neruda, *era el silencio de la negra noche*, cuando se tomaba una dramática decisión: Pedro Guerra del Águila, Carlos Arráscue Fernández, Manuel Madrid Ruiz, y Felipe Chuquillanqui Ricaza, se declaran en huelga de hambre, "hasta las últimas consecuencias", demandando la reposición de todos los telepostales despedidos. Días después, los cuatro sacrificados dirigentes, son conducidos en horas de la madrugada, por efectivos de seguridad del Estado, a la sala de inculpados del Hospital de Policía, donde se les apertura instrucción, por delito contra sus vidas.

Transcurridos 57 días de la fatídica huelga de hambre, con el estado exangüe de los flácidos cuerpos de los cuatro valerosos compañeros, y demostrando que el martirio era "hasta las últimas consecuencias", una comisión resolutiva del Ministerio de Transportes y Comunicaciones encabezada por el viceministro Paolo de Lorenzi, con la mediación de monseñor Luis Bambarén Gastelumendi, resuelve, en el propio Hospital de Policía, reincorporar a los cuatro huelguistas, en diferentes dependencias del Sector: Carlos Arrascue (Corporación Peruana de Aeropuertos), Manuel Madrid (Empresa de Telecomunicaciones del Perú), Felipe Chuquillanqui (Corporación Peruana de Vapores), Pedro Guerra del Águila (Dirección de Correos).

-Ahora, tienen ustedes que asumir un cuidado especial para la recuperación física y psicológica de sus compañeros –manifestó monseñor Bambarén, luego de la firma del acta de reposición-. Esta dramática medida de lucha tiene consecuencias irreparables en los seres humanos.

- ¡Muchas gracias monseñor… Bendito sea Dios! –manifestaron conmovidos, los familiares presentes.

Continuando las indagaciones en los archivos judiciales, descubrí que, al día siguiente, la Sala Penal de la Corte Suprema, desestimó los recursos planteados por el Procurador Alfonso Elías Aparicio Paredes, en la Consulta 512 del 26 de junio de 1978, quedando demostrado que el despido fue arbitrario. El gobierno continuó negando la reposición de los principales dirigentes; sin embargo, por la lucha legal, las protestas, medidas de fuerza, y por la solidaridad de clase, principalmente de la CLTC, liderada por el combativo postal venezolano Pedro Miguel Rodríguez, se había logrado la reincorporación de 135 despedidos.

- ¡No regresarán, mientras yo esté al mando!, expresaba el ministro Vannini Chumpitazi, cuando exigimos la reposición –me dijo Froilán Juro Monzón, en más de una oportunidad.

Pedro Miguel Rodríguez, primero de la derecha, presidente de la CLTC, el autor y otros delegados del Primer Congreso de los Trabajadores por la Unión Americana. Caracas-Venezuela octubre de 1983. (Archivo autor)

Pese al endurecimiento y derechización del gobierno militar, los gremios postales asumen una lucha clandestina para reactivar su organización. En esta agitada etapa, Carmen Hortensia iniciaba sus servicios en el Correo Central de Lima como expendedora de estampillas. Luego de diversas movilizaciones y consultas a las bases, en agosto de 1978, se logra reactivar la organización, eligiéndose la Junta Directiva Reorganizadora de la Federación de Trabajadores Postales, constituida por: Luis Caro Aliaga, secretario general; Raúl Aldoradín Gutiérrez, secretario de economía; Juan Araníbar Segovia, secretario de prensa y propaganda; Alberto Zamudio Revilla, secretario del exterior; y Rosaura Blancas Arroyo secretaria de asistencia social. La plataforma de lucha se resumió en tres puntos: reorganización de la federación, mejoras económicas y reposición de los despedidos. Juan Araníbar, quien 13 años después conduciría la lucha contra la resolución arbitraria del fujimorismo, ejerció un cargo relevante en la directiva reorganizadora.

En este contexto, el país vivió una aguda crisis económica y afrontó las exigencias del FMI, concernidas al pago de la deuda externa. Presionado por estas circunstancias, el gobierno militar, a través del ministro de Economía Javier Silva Ruete, promulga los Decretos Leyes 22264 y 22265, ocasionando despidos de servidores estatales, quienes quedaron sin estabilidad laboral. Ante tal situación y en defensa del derecho al trabajo, surgió la Confederación Intersectorial de Trabajadores Estatales (CITE). El primer paro de los estatales, se realiza el 6 de setiembre de 1978, con multitudinarias y bulliciosas marchas por calles y plazas de todo el país, exigiéndose estabilidad laboral y derechos democráticos. Debido a la extensión de la lucha y ante el temor de una protesta generalizada, la oficina del primer ministro, difundió el Comunicado N° 014-PM del 12 de noviembre, cesando los despidos. Sin embargo, el movimiento postal, sufrió la destitución de su secretario general y de sus principales dirigentes, causando un duro revés, por lo que pasó nuevamente a la clandestinidad. "Los despedidos de 1978, se sumaron a los despedidos en diciembre de 1976", cavilé angustiado.

Las duras medidas económicas y la represión del gobierno militar, no amilanaron la combatividad de los estatales, quienes por el contrario redoblaron su organización, formando un gran movimiento social en defensa de la democracia. En estas circunstancias se realiza en la base de correos, la **Convención Postal de Lima**, nombrándose a Juan Contreras García, presidente de la Comisión del Pliego de Reclamos, cuya demanda principal fue la reposición de los despedidos.

La Asamblea Constituyente, convocada por la dictadura militar, a raíz del paro nacional del 19 de julio de 1977, se instaló el 28 de julio de 1978 y fue presidida por Víctor Raúl Haya de la Torre. En atención a la constante petición del Comité de Postales Despedidos, la Asamblea Constituyente emitió un dictamen, cursado al Primer Ministro con Oficio N° 425, cuyo texto dijo:

> *"Los despidos se efectuaron, violando todas las disposiciones legales existentes en el país y que garantizan los derechos de los trabajadores. En ningún caso se otorgó el derecho a la defensa y que, por lo tanto, proceden las reposiciones."*

-Asistíamos casi a diario al recinto parlamentario exigiendo nuestra reposición –dijo José Zapata Paredes, cuando nos reuníamos para evaluar la lucha, en una cantina de la calle Washington.

-Obtuvimos el apoyo de la Asamblea Constituyente, principalmente de los diputados y líderes sindicales: Luis Negreiros Criado (PAP), Miguel Ángel Echeandia Urbina (PSR), Magda Benavides Morales (POMR) y Enrique Fernández Chacón (PST) -aludió Luis Rojas del Risco en forma vehemente.

La Asamblea Constituyente de 1979, fue presidida por Víctor Raúl Haya de la Torre. (Foto lamula.pe 2011/09//02)

Ante la negativa de las autoridades de encontrar solución favorable a las demandas, la base de Huancayo, liderada por Juan Manuel Sánchez Soto, convoca un paro de 48 horas los días 21 y 22 de agosto de 1979, siendo acatado por las oficinas de correos y telégrafos de todo el país, logrando algunas mejoras económicas; pero, lo más trascendente, fue exigir la reposición de los despedidos; bandera de lucha, esta vez enarbolada, desde la incontrastable ciudad de Huancayo.

-Los trabajadores activos, nunca abandonamos a nuestros dirigentes despedidos, también disfrutamos la comida que ofrecían para sostener sus hogares -dijo Carmen Hortensia en el frontis del Correo Central de Lima, cuando en su hora de refrigerio, degustaba un exquisito ceviche y una sabrosa papa a la huancaína. "Había una competencia entre los kioscos de los colegas Wilson Apaéstegui Cortegana y Froilán Juro Monzón", recordé la fría mañana que escribía esta crónica.

Poco después del grito propalado por la base de Huancayo, y con el fin de ir perfilando la organización, surgió la **Comisión Coordinadora Nacional Postal**, presidida por Juan Contreras García, que luego de convocar varios paros preventivos y, ante la no solución del pliego de reclamos, inicia una huelga indefinida el 6 de marzo de 1980. Transcurridos más de 15 días de paralización de los servicios, el frente postal acepta la mediación del dirigente sindical Julio Cruzado Zavala. En plena mesa de diálogo, se desencadena una fuerte represión, siendo despedidos la totalidad de los dirigentes, quienes se sumaron a los cesados en 1976 y 1978. "Conocer a Carmen Hortensia significó el elíxir para los males de mi corazón entristecido, fue mi néctar de verano; a primera vista, y sin que ella lo supiera, me quedé prendado de su femineidad y dulzura. Yo había perdido la esperanza de volverme a enamorar", recordé la fría mañana que escribía esta crónica. "Creo que fui su pañuelo de lágrimas", pensó ella sonriendo.

A pesar de los despidos en 1976, 1978 y 1980, y el carácter autoritario del gobierno militar, los postales no cejaron en su lucha; así en actitud de protesta, tres valerosos carteros: Juan Araníbar Segovia, Octavio Herrera Obregón y José Santos Pinedo Jáuregui, inician el 21 de abril, a escasos días de las elecciones generales de 1980, otra sacrificada huelga de hambre, exigiendo la solución del pliego de reclamos y la reposición de los despedidos. El ayuno, iniciado en el Convento de Santo Domingo, por imposición de Seguridad del Estado, continuó en el Hospital Obrero. "Tanto en la huelga de hambre del Hospital de Policía, como en la del Hospital Obrero, por decisión del Comité de Despedidos, se me nombra coordinador de prensa para difundir la medida de fuerza; en la primera, tuve el apoyo de los familiares de los huelguistas y del "lobo" Luis Rojas del Risco, experto en el manejo del mimeógrafo proporcionado por el Sindicato de Trabajadores de la Compañía Peruana de Teléfonos; y, en la segunda, conté con la solidaridad del Frente Único de Despedidos, surgido a iniciativa de los gremios: Ferroviarios, Postales, TTX, Telefónicos, Súper EPSA, y otras combativas bases, que exigían la reposición de los cinco mil dirigentes despedidos en el paro del 19 de julio de 1977. Debido a la constante presión, la solidaridad del movimiento social, y las diversas medidas de lucha, el ministerio de Transportes y Comunicaciones ordena la reincorporación de los postales despedidos en 1980, y un incremento de haberes. La solidaridad internacional se hizo presente con una delegación de compañeros liderados por Alberto Sáez Forster, secretario general de la Asociación Argentina de Telegrafistas, Radiotelegrafistas y

Afines, (AATRA), quienes se constituyeron al Hospital Obrero donde sostienen una entrevista con el Director del nosocomio, mediando en la solución de la huelga de hambre, con resultados dignos de recordar. "Qué será de la vida de Pedro Miguel Rodríguez, Eduardo García More, Alberto Sáez Forster, Humberto Machuca Ríos, hace muchos años que no los veo", cavilé.

En julio de 1980, cuando el Arq. Fernando Belaúnde era presidente electo, mujeres y hombres de todos los sectores públicos, realizamos una marcha masiva al edificio "El Olivar", donde afincó su residencia, entregándole un pliego petitorio que contenía las demandas más sentidas del movimiento social; entre ellas la reposición de los despedidos por la dictadura militar. La súplica de madres, esposas e hijos, no se hizo esperar, porque la primera medida del gobierno democrático, fue la dación de la Ley de Amnistía Política social, a través de la cual se repone a un conjunto de despedidos de algunos sectores estatales, como la Dirección de Correos; los servidores postal telegráficos despedidos en los años 1976 y 1978, fuimos reincorporados a la carrera pública con todos nuestros derechos.

Junto a Carmen Hortensia, iniciaba una nueva etapa de mi existencia.

7. IRRESPETO AL ESTADO DE DERECHO

De haberse respetado el estado de derecho, aun con consentimiento de la propia Carmen Hortensia, no podía se objeto de despido, ya que se encontraba amparada por Constitución del Estado, la Declaración de los Derechos del Niño y otro Tratados Internacionales de los pueblos de las Naciones Unidas, los cuale brindan protección legal y cuidado especial a la madre y al niño; tant antes, como después del nacimiento.

Algunas consecuencias del irrespeto al estado de derecho fueror Indalecio Mori no pudo soportar la angustia del despido, cayó fulminad por un ataque cardiaco; Remigio Zamora, un chasqui iletrado, fu despedido, porque no respondió a las preguntas de un cuestionario e castellano; la valiente Rosaura Blancas, fue obligada a renunciar estand de vacaciones; el difuntito Ramiro Ayala Astuquilca, fue declarad excedente, cuando gozaba de descanso médico, pisoteándose lo derechos amparados en la Ley de Bases de la Carrera Administrativ mancillados por la autocracia fujimorista. "Todos estos buenos amigos s quedaron en la calle polvorienta, sin ningún tipo de asistencia social' recordé.

Con estas irregularidades, se publican las resoluciones que cesaron a 50 mil trabajadores, quienes luego de soportar en forma estoica a la inflació más grande del mundo, y sobrevivir al *fujishock*, se encontraro "pateando latas", invadiendo las calles como vendedores ambulante taxistas, o realizando mil oficios de sobrevivencia. En esta coyuntura d crisis y desocupación, se concreta la precarización del trabaj irrumpiendo las mortales "combis" con su secuela de caos y destrucció colocando a las pistas limeñas entre las más peligrosas del mundo.

Ex trabajadores postales como: Moisés Guevara, ayudaba al difunto tí Raúl, a vender zapatos en el Mercado Central del Callao; el "lobo" Lu Rojas del Risco, ofrecía conservas de atún, pasta dental, máquinas d afeitar y otros, en los alrededores del Palacio de Justicia de Lima; Maur Campos, junto a su esposa, aprendieron a coser politos de algodón qu ofrecían en las paraditas de Comas; el "burro" Pedro Molinero, quie combatió junto a mi padre en el Conflicto limítrofe del 41, limpiaba carro en el puerto.

"Miles de ciudadanos que habían trabajado la mayor parte de su vida al servicio del Estado, de un momento a otro y sin proponérselo, se vieron convertidos en nada"; recordé cuando el Frente Único de Postales Despedidos, preparaba la olla común como medida de protesta, en el frontis del Ministerio de Transportes y Comunicaciones de la Av. 28 de julio.

-La olla común nos recuerda a las históricas luchas del movimiento postal, como las realizadas en la dictadura militar del general Francisco Morales Bermúdez -arengó Juan Araníbar, uno de los principales líderes de los postales despedidos.

En respuesta al despido arbitrario, con una edad que ya frisaba los cincuenta años, y sin haber acumulado el tiempo de servicio necesario para la jubilación, Carmen Hortensia, consciente de la espinosa y prolongada empresa, se aprestaba a iniciar el calvario de lucha, por la reposición y el resarcimiento de su derecho al trabajo.

Años atrás, en el gobierno militar del general Juan Velasco Alvarado, cuando Froilán Juro Monzón era presidente de la Asociación Nacional de Carteros, yo ingresaba a trabajar en la Administración Postal del Callao, donde poco después, fui elegido secretario de cultura de dicha asociación. Mi primer día de trabajo fue algo anecdótico. Me presenté a la oficina de la Av. Dos de Mayo, con un grueso saco de Corduroy desgastado por el constante uso, lo que sorprendió al difunto Rogelio Cueva y a la treintena de coleguitas carteros allí existentes, quienes vestían delgadas camisas de manga corta color caqui y pantalones Polystel plomo rata.

-Mañana debes venir con ropa más liviana —me recomendó en forma solemne Rogelio Cueva, diligente jefe de la sección carteros-. Tu recorrido será por el Sector 12 del distrito de Bellavista, de donde según tengo entendido, eres originario.

Después de clasificar la correspondencia, salía raudo a cumplir la sagrada misión de comunicar a la gente del puerto chalaco. La mayoría de carteros provenían de Chalhuanca, Celendín, Ancash, y de los más recónditos lugares, de donde trajeron: costumbres, música, comida y fiestas patronales, logrando una simbiosis cultural pletórica de ritmo y sabor. Recuerdo a Melesio Pérez Pareja, Antonio Santos Oré, Artemio Herrera Román, Marcelino Navarro Arango, entre otros colegas carteros, con

quienes compartíamos amenas tertulias matinales. A golpe de las nueve de la mañana, Moisés Guevara y yo, montábamos el bus de ENATRU, que nos trasladaba en forma gratuita a la calle Vigil, donde iniciábamos nuestro recorrido cotidiano. Ahí, cada uno agarraba el sector asignado, Moisés Guevara, repartía la correspondencia por los temidos "barracones"; en cambio, mi sector fue más "zanahoria" y tuvo como eje central la avenida José Gálvez, para arribar a la primera cuadra del jirón Lima, donde terminaba mi reparto. Realmente mi recorrido era corto, en un ambiente plagado de calles polvorientas, con hedores de harina de pescado, casas abigarradas de quincha y madera; respetados barrios, en cuyas esquinas se notaba la presencia de colleras, que se vacilaban escuchando música Salsa, como "Che che colé", "Llorarás", "Un Verano en Nueva York", "Muñeca", bebiendo cerveza Pilsen Callao al polo. Entonces, todavía duraba la resaca del boom pesquero, liderado por Banchero Rossi y, la opulencia del primer puerto peruano. Estibadores y pescadores caminaban sin temor, luciendo macizas pulseras y dijes de oro de 18 quilates, cargando canastas repletas de víveres y frutas. La tertulia cotidiana giraba en torno a la genialidad del sonero boricua Héctor Juan Pérez Martínez "El Cantante de los cantantes", quien fue bautizado por el maestro Johnny Pacheco como Héctor Lavoe, porque a Frank Sinatra, ya le decían "la voz". La Salsa entró por los muelles, cuando los vaporinos anclados en el puerto, llevaban a Lucho Rospigliosi, propietario del bar El Sabroso, los temas más calientes de esta música, definida por Luis Delgado Aparicio, como una simbiosis afro-latina-caribeña-americana.
-Con la llegada de la Salsa, el Callao se adueña de este género desde la calle Constitución -afirmaron años después los poetas chalacos Mario Aragón y Juan Gómez Rojas.

"La collera", mataba el tiempo hablando de cosas habituales, muy poco de lo que ocurría simultáneamente en otras latitudes. Nada excepcional. Me daba la impresión de que la gente del puerto era pegada a los sentidos, muy sensorial: "la vida es para vivirla y no para comprenderla", fue el estribillo de don Florencio. Otros ocasionales temas de discusión fueron: la gloria de los Olímpicos del 36, la pasión por el club Sport Boys, campeón del 51, con Willie Barbadillo, Valeriano López, Lorenzo Pacheco, Joe Calderón, entre otros ídolos, los goles que esculpió Oswaldo "Cachito" Ramírez en la Bombonera del Boca Juniors, animados por los compases del vals Nostalgia Chalaca, del "Chato" Manuel Raygada.

Cuando ingresé a trabajar al correo del Callao, esta oficina postal ya era una base bien organizada y sólida en la defensa de los derechos gremiales. Connotados dirigentes enarbolaron en forma victoriosa las banderas reivindicativas, destacando César Baldazari Pastor, quien se convirtió en mi amigo y mentor.

-La huelga que le hicimos al general Odría en el 56, fue la más trascendente creo yo, porque arrancamos un aumento para todos los trabajadores del Estado -redundaba César Baldazari, cuando matábamos el tiempo con el juego de naipes llamado "mona", en el Centro de Esparcimiento de Chacra Ríos.

No todos los sectores postales eran de poco recorrido; en los distritos de la capital limeña existían zonas extensas que abarcaban mayor cantidad de kilómetros y, que, sin lugar a dudas, demandaron más horas de trabajo y esfuerzo. Se puede mencionar el caso del colega Jesús Ortega Soto, decano de los carteros, quien en más de cincuenta años de servicio como "sacrificado trabajador del bolsón", logró dar dos veces la vuelta al globo terráqueo; el apelativo anterior fue popularizado por Froilán Juro Monzón.

"Estamos entre la espada y la pared, por tanto, hay que superar las barreras que obnubilan nuestra libertad y ser conscientes de la injusticia cometida por la autocracia que nos echó a la calle, cumpliendo dictados de extraños" pensó Carmen Hortensia la mañana que lavaba los pañales de Angelita. En nuestro medio es difícil, sino imposible, conseguir, después de los cincuenta años, un trabajo digno con beneficios y jubilación. Sólo nos queda resistir para que la gente comprenda y nos brinde su apoyo solidario. "En esta parte, no recuerdo bien si la reflexión fue de Carmen Hortensia, o era mi pensamiento transmutado en su ser."

Los pañales de Angelita los compramos en una ganga del Mercado Central de Lima, a razón de dos docenas de gasa y dos docenas de algodón, los cuales después de ser usados por la pequeña, se hervían con lejía y jabón Bolívar en una lata de aceite Cocinero; luego eran tendidos en los cordeles improvisados del patiecito, secándose con los rayos de sol que iluminaba nuestra casita del Álamo. Por esa época, nos buscábamos la vida de diferente manera, porque la pensión de 38.97 intis que obtuve del Estado por la Cedula Viva, sólo alcanzaba para cubrir unos días de sustento familiar. Empecé a realizar asesorías para elaborar tesis y trabajé algunas horas como profesor en un Instituto tecnológico; mientras Carmen

Hortensia aprendió a elaborar chocolates, mermeladas y tamales, deliciosos manjares que vendía a vecinos y en mercados aledaños. Así pasamos los días, procurando sobrevivir, con Angelita recién nacida y Ana Miluska terminando la secundaria. Debo ser sincero en reconocer que yo me acogí al retiro voluntario, porque con mis años de servicio pude alcanzar una pequeña pensión. Carmen Hortensia fue coaccionada a renunciar, para no ser despedida, "por ser compañera de un revoltoso dirigente sindical". Los pioneros en la lucha para recuperar el derecho al trabajo, fueron los postales que, mediante la Resolución arbitraria, fueron declarados excedentes; ellos apelaron al Tribunal Nacional de Servicio Civil, donde inician la lucha legal por la reposición.

8. ENVILECIMIENTO DE LAS INSTITUCIONES

Como prueba fehaciente de que la autocracia fujimorista cumplió sin pestañear lo que se propuso, en abril de 1991 sacó a luz en el Diario Oficial, El Peruano, la Resolución Ministerial 301-91 TC/15.16, a la cual llamamos *Resolución arbitraria*, que establecía la nueva Estructura Orgánica de Correos y, decretó el cese de 471 servidores, entre Auxiliares, Técnicos, Profesionales y Directivos. "Hágalo, después explique", repetía el chino Fujimori al súper ortodoxo ministro de Economía Carlos Boloña. Recordemos que soy el no shock, fue la frase célebre del autócrata para ganar los votos del pueblo en las ánforas electorales. "Esa mentirosa frase fue decisiva para que Cambio 90 recibiera en la segunda vuelta electoral, el apoyo mayoritario del APRA y de los sectores de izquierda", recordé cuando escribía esta crónica aquella invernal mañana.

-Alberto Fujimori, tampoco tuvo que reportar a nadie de sus duras decisiones, puesto que él, era el todopoderoso -continuó recordándome Carmen Hortensia, cuando recogía los pañales de Angelita.

-En El Expediente Fujimori, se registra que "el chino" se burlaba de su esposa Susana, porque en las reuniones en las que ella le informaba sobre sus proyectos sociales y obras de bien en beneficio de los niños, anotaba sus propuestas en una libretita, y cuando se quedaba solo, hacía una bola con las notas y las tiraba en el tacho de basura ubicado al lado de su escritorio -aludí en forma maquinal.

Las indagaciones señalan que, días después de la Resolución arbitraria, el gobierno *fujimorista* a través del Diario Oficial El Peruano y, de la incondicional prensa cautiva, anunciaba otras modificaciones, infinidad de resoluciones, y decretos de urgencia, para privatizar a las empresas estatales; medida que, a su vez, le permite legitimar los despidos masivos de trabajadores. Se puede considerar que fueron rematadas las empresas públicas que tenían el control de actividades estratégicas, cuya gestión estaba relacionada con los ferrocarriles, las comunicaciones telefónicas, los vapores y líneas de aviación de bandera, la minería, el transporte metropolitano, la pesca, la electricidad, el petróleo, y centenares de firmas que fueron privatizadas, cuyo monto recaudado ascendía a 9 mil millones de dólares, que sabe Dios dónde fueron a parar.

La política de privatizaciones, significó el despojo de Correos y Telégrafos de la gestión exclusiva del Estado; hecho que determinó el ocaso de los Chasquis y de los pioneros telegrafistas.

- ¡Fueron 500 mil despedidos! -declaró años después, Mario Huamán, secretario general de la CGTP. De un solo porrazo, quedaron en la vía pública varias generaciones de correístas, entre los cuales se encontraban: carteros, telegrafistas, postrenes y expendedoras de estampillas, quienes se convirtieron en víctimas del remedo neoliberal fujimorista.

Recuerdo aquel domingo primaveral, cuando aún no había presagios del despido y, disfrutaba de una alegre velada deportiva en el Centro de Esparcimiento de Correos, cuando de pronto Ismael Tacuri exclamó: "Samuel, vas a ser papá", noticia que me causó enorme alegría y emoción.

 "Qué chismoso el doctor", me dijo poco después Carmen Hortensia, cuyo deseo fue mantener el secreto, y que la buena nueva me la diera el propio doctor Becker Cilliani, quien le diagnosticó el embarazo en primera opinión. Emocionado oré en silencio, agradeciendo a Dios por esta bendición. Carmen Hortensia tendría una nueva criatura, tres lustros después del nacimiento de Ana Miluska, y yo, mi primer vástago. Poco después, Becker Cilliani, debido a los bajos sueldos, renunciaba a la institución postal, mientras mi buen amigo, el Doctor Ismael Tacuri, fue declarado excedente en cumplimiento de la Resolución arbitraria, "hace más de veinte años no sé nada de ellos". Mientras, junto a carteros, choferes y otros colegas postales, reanudamos el juego de fulbito en el Centro de Esparcimiento, el cual fue mantenido en forma prolija, por Antonio Sánchez Villarreal. El colosal campo deportivo de Chacra Ríos, fue diseñado y construido en la década de los setenta, bajo la atenta dirección del Coronel Juan Rodríguez García, ilustre chalaco, aficionado a los gallos de pelea y partidario del juego de "mona", muy practicados en el Callao de entonces. Una tarde de caluroso verano, el coronel Rodríguez me invitó a conocer su galpón, el cual se encontraba en el perímetro de la Esquina del Cañón, colindante con las polvorientas calles Zepita y Ayacucho, en la provincia Constitucional.

"La casona era una construcción de quincha, en cuyo galpón anidaban alrededor de 150 gallos de pelea, cada uno con su propio nombre", recordé años después, cuando hacía las indagaciones para esta crónica.

El coronel Juan Rodríguez, fue miembro activo del Gobierno Revolucionario, presidido por el general Juan Velasco Alvarado, quien luego de derrocar al presidente Fernando Belaunde Terry, en octubre de 1968, puso en práctica el Plan Inca, el mismo que se inicia con la nacionalización del petróleo y la Reforma Agraria, que afectaron la raíz del poder oligárquico. El coronel Rodríguez, nombrado director de Correos, me ayudó a ingresar a la institución como Cartero, porque según le manifestó al jefe de personal, yo "era un muchachito que le tiraba piedras cuando jugaba pelota en el barrio"; él me ilustró acerca de la crianza de los gallos de pelea, de su alimentación, sus cuidados extremos, y los diestros preparativos para la contienda. El deporte gallístico fue traído por las huestes conquistadoras de Francisco Pizarro, siendo recibido con asombro por los antiguos pobladores. Aquella tarde, comprendí la pasión de los auténticos galleros, quienes consideran a sus animales como miembros de su propia familia. Sólo una vez acompañé al coronel Rodríguez a una pelea pactada en el Coliseo de Gallos Sandia, cerca al Parque Universitario, donde salió victorioso su espléndido gallo Ajiseco, que venció al aguerrido Cenizo, del popular llantero criollo Carlos Palomino Peralta.

Con la ejecución de la Resolución arbitraria, mediante la cual se arrojó a la calle a centenares de trabajadores, se comprobó la falsedad del programa de renuncias voluntarias, anunciado con bombos y platillos por el *fujimorismo*, ya que, de todas maneras, sí o sí, se tenía que concretar la reducción del aparato estatal, demandada en forma compulsiva por los dueños del Fondo Monetario Internacional y, los organismos Multilaterales de préstamo.

-A los compañeros que no renunciaron a sus plazas presupuestadas, se les declaró como excedentes y fueron arrojados en forma vil a la cochina calle -declaró Carmen Hortensia a Jean Suárez, ágil reportero de Radio Programas del Perú, quien recorría presuroso las calles de Lima, acompañado de su pequeña grabadora, para pescar las últimas noticias transmitidas "en vivo y en directo", por medio del espectro radioeléctrico.
-Si somos conscientes, continuamos unidos en torno a los objetivos propuestos, y persistimos en el resarcimiento de nuestro derecho al trabajo, saldremos victoriosos, -exclamó Juan Araníbar a una treintena de servidores despedidos, en los exteriores de las oficinas del Tribunal Nacional del Servicio Civil, donde se inicia la lucha legal de los postales excedentes. El corajudo dirigente postal, mostraba un semblante de

asombro y preocupación, porque era conocedor de que debido al afán privatista de la autocracia *fujimorista*, la propia existencia del Tribunal Nacional pendía de un hilo, habiéndose corrido el rumor que sería desactivado.

La lucha legal por la reposición de los despedidos comienza el 17 de mayo de 1991, cuando Juan Araníbar, Alejandrina Sicos, Pedro Quispe-Ynga Salas, y una treintena de postales, declarados "excedentes", interponen recurso de apelación contra la Resolución arbitraria que, en obediencia de lo dispuesto por el nefasto Decreto, aprobó el cese de 471 trabajadores, con el subterfugio de que sus puestos no se adecuaban a la nueva Estructura Orgánica del Correo. Juan Araníbar, se convirtió en un destacado sucesor de la pléyade de dirigentes que lo precedieron y que dejaron importantes logros para los servidores públicos; precisamente su nombramiento de Cartero, fue una conquista de la huelga nacional de 19 días, comandada por el Frente Unido de Trabajadores Telepostales, en junio de 1975, lucha en la que destacan: José Zapata Paredes, Domingo Flores Soria, Froilán Juro Monzón, Carlos Arráscue Fernández, y Julio Alvarado Cerna, entre otros compañeros. "Héctor Chumpitaz López, Carlos Salazar Pérez, Pedro Tuesta Meza, Felipe Chuquillanqui Ricaza y yo, entonces estudiantes universitarios, ingresamos al Correo poco antes de la huelga, sin embargo, fuimos protagonistas de esta medida de fuerza; y, fue el radio-telegrafista Domingo Flores, quien nos bautizó con el apelativo de chicos malos", recordé.

En la vista el autor del libro rodeado por Mariana Gómez Alzamora, dirigentes estudiantiles de la Facultad de Medicina y del Comité de Comensales de la Universidad Nacional Mayor de San Marcos. (Archivo: autor)

Las indagaciones en el Tribunal, indican que la impugnación efectuada por los postales despedidos, se fundamentó con base en elementos de puro derecho, arguyéndose entre otros, que, para declararse la excedencia de personal, no se habían respetado los lineamientos aprobados por el Instituto Nacional de Administración Pública; lineamientos por medio de los cuales se debía precisar la *causal* del despido. De manera que, por no precisar la causal de despido, la Resolución arbitraria fue de hecho, violatoria de las garantías Constitucionales, así como las pertinentes del Decreto Legislativo 276, Ley de Bases de la Carrera Administrativa.

Notificada la Dirección General de Correos para que remita los antecedentes que dieron origen a la declaratoria de excedencia, materia de la impugnación, manifestó que la Resolución arbitraria fue *"un acto de administración dictada por el titular del Sector en uso de sus atribuciones funcionales"*, no siendo impugnable en la vía administrativa por disposición del Reglamento de Normas Generales de Procedimientos administrativos, agregando que, para la declaración de excedencia se había acatado las ***órdenes del Supremo Gobierno***.

Ante los contundentes argumentos de los despedidos, la Segunda Sala del Tribunal Nacional de Servicio Civil, en uso de las atribuciones que le confería el Decreto Legislativo 276 y de acuerdo con el dictamen del Vocal ponente, doctor Víctor Sifuentes Manrique, declaró fundado, 25 recursos de apelación, de igual número de servidores, encontrándose entre ellos, la Resolución 863-91-TNSC-2da. Sala, de fecha 21 de agosto de 1991, que textualmente dice:

> *"Declarar fundado el recurso de apelación interpuesto por don Juan Araníbar Segovia. Nula la Resolución arbitraria en el extremo que aprueba el cese del recurrente, con derecho al pago de las remuneraciones dejadas de percibir desde el momento del cese, al de su reincorporación. Disponer que la Dirección de Personal del Ministerio de Transportes y Comunicaciones, cumpla la presente resolución, de conformidad con el artículo 26 del Decreto Supremo 011-82-JUS, del 9 de febrero de 1982, bajo responsabilidad". Firmado: Ortiz Pilco, Sifuentes Manrique, Aldana Zapata.*

Las indagaciones efectuadas en los archivos del Ministerio de Transportes y Comunicaciones, indican que con fecha 15 de agosto de 1991, la dirección de Asesoría Legal, en la persona del Dr. Saturnino Caballero Céspedes, remitió al director de Personal de dicha institución, el Informe 474-91-TC, relacionado a 25 oficios, referidos a igual número de casos, donde el Tribunal Nacional de Servicio Civil, reitera el cumplimiento de las Resoluciones que declaran Fundadas las apelaciones interpuestas por un grupo de servidores de Correos. En dicho documento, se menciona que las Resoluciones del Tribunal son definitivas, no siendo susceptibles de recurso alguno en la vía administrativa; pero, pueden ser impugnadas por el Estado en la vía judicial, mediante el procedimiento que regula la acción contenciosa-administrativa,   remarcándose que dicha demanda es: *"sin perjuicio del cumplimiento de la reposición del servidor en su cargo, correspondiendo su ejecución, en el caso planteado, al Director General de Correos, por ser dónde laboran los referidos servidores".*

El Informe concluye, afirmando que: *el funcionario o servidor que contraviene dicha Resolución, incurre en desacato e incide también en responsabilidad administrativa, que puede dar lugar a la aplicación de la sanción, de conformidad con el Decreto Legislativo 276 y puede ser sancionado penalmente.*

Los pioneros de la lucha legal, lograron en la vía administrativa, sendas Resoluciones de reposición, con derecho al pago de las remuneraciones dejadas de percibir; pero las leyes que favorecían a los trabajadores, fueron pisoteadas en forma sistemática por el gobierno, en fiel cumplimiento de las cartas de intención prescritas por el FMI, como el pactado: *Fondo de Posibilidad Ampliada*, descrito por la periodista Sally Bowen, "como el alza del precio de la gasolina estrictamente de acuerdo con el incremento de la inflación y las reducciones en gastos sociales".

Con el afán de consolidar las violaciones sistemáticas a los derechos de los servidores públicos, la autocracia fujimorista, en la persona del Director de Correos, presentó apelación judicial, mediante proceso contencioso administrativo, contra las Resoluciones del Tribunal Nacional de Servicio Civil, que sancionaron la reincorporación de los postales despedidos; pero sin considerar que la demanda debió ser *"sin perjuicio del cumplimiento de la reposición de los servidores en sus cargos"*. De esta manera, en fiel cumplimento del dictado de extraños, los despedidos fueron sumergidos a otra ominosa y prolongada lucha; esta vez *en* los impasibles pasadizos del poder Judicial.

-La situación es cada vez más calamitosa, estamos sin un cobre para sostener nuestros hogares y ahora tenemos otro litigio –dijo Pedro Quispe-Ynga Salas, a la doctora Teresa Osterling, quien asumió la defensa legal de los despedidos.

-Debemos ser pacientes compañerito –contestó la combativa abogada y defensora de los derechos humanos-. Yo comprendo la angustia que ustedes vienen padeciendo, pero es necesario conservar la serenidad. No olvidemos que tenemos de nuestra parte el espíritu de las leyes.

A pesar de que tenían en sus manos la Resolución del Tribunal que declaraba fundadas las apelaciones *sin perjuicio del cumplimiento de la reposición del servidor en su cargo;* hecho que además era de pleno conocimiento de las autoridades del gobierno, la administración postal en forma obstinada se negaba a darle cumplimiento, haciendo oídos sordos a las sacrificadas protestas, marchas y movilizaciones efectuadas por los postales cesados.

Ante la falta cometida por la Dirección de Correos, al negarse a ejecutar la Resolución del Tribunal, los ex trabajadores formularon una denuncia penal que incluía a los servidores o funcionarios responsables de dicho desacato.

En el transcurso de las indagaciones, encontré una orden de captura dirigida al Director de la Policía Judicial, que decía textualmente:
Lima, 2 de setiembre de 1992.

SEÑOR GENERAL PNP-PT

DIRECTOR DE LA POLICÍA JUDICIAL

Tengo el agrado de dirigirme a Ud., a fin de que se sirva disponer la inmediata CAPTURA y conducción al local del Juzgado de los inculpados VÍCTOR ACUÑA DEL SOLAR, quien es Director de Correos, con L.E.0722786, con domicilio en el Edificio Las Magnolias N°803, Residencial San Felipe, Jesús María; asimismo del inculpado VILFREDO BALTAZAR CARRANZA SOSA, Director de Personal de Correos, con L.E.07841347, con domicilio en Psje. Grau N°116 Dpto.10, La Victoria, para los efectos de sus declaraciones instructivas en la instrucción que se les sigue por delitos de violencia y resistencia a la autoridad en agravio del Estado. -

Dios guarde a Ud.

En las indagaciones, logré averiguar que la policía fiscal logró detener al director de Correos, cuando trataba en emprender viaje al extranjero, quien en el transcurso de las averiguaciones estuvo varios días confinado.

La disputa legal asumida por los ex trabajadores de Correos, tuvo que sortear con estoicismo los obstáculos existentes, debido al envilecimiento de las instituciones y, sobre todo, al hecho de que, con el autogolpe de Estado del 5 de abril de 1992, el poder Judicial se convirtió en un apéndice del poder Ejecutivo, al que, según lo expresado por el laureado escritor Mario Vargas Llosa, el régimen "podía instrumentalizar para sus operaciones punibles".

Fueron nueve largos años de tramitaciones infructuosas en los pasadizos del Palacio de Justicia, donde se combinaron con movilizaciones y marchas callejeras, conducidas en forma espartana por los ex servidores, quienes, sin un centavo en el bolsillo, demandaron el resarcimiento de sus derechos conculcados. En estas circunstancias, los despedidos lograron sobrevivir, realizando numerosos cachuelos, ofertando mercancías en la vía pública, reciclando botellas de plástico y vendiendo lo poco que poseían. Miles de hogares fueron destruidos. Al haberse convertido los principales líderes, en el blanco de la razzia fujimorista, el movimiento postal fue dirigido desde la clandestinidad por el movimiento creado como Frente Nacional de Trabajadores Postales.

9. EL ÚLTIMO CARTERO

Mientras que los servidores despedidos, luchaban en calles y tribunales por la ansiada reincorporación, la autocracia fujimorista, pugna por desmembrar las instituciones estatales existentes; así, mediante Decreto Legislativo 685 del 4 de noviembre de 1991, declara el servicio postal, de necesidad y utilidad pública y de preferente interés social, creando la firma: Servicios Postales del Perú Sociedad Anónima (SERPOST S.A), como persona jurídica de derecho privado, otorgándosele la concesión, sin exclusividad, del servicio postal en todo el país, bajo el régimen laboral de la Ley 4916. "Sin lugar a dudas, este hecho marcaría el fin de los Chasquis, sofocándose al último cartero", recordé cuando leía Los Comentarios Reales, de Garcilaso de la Vega. "Surgieron decenas de correos paralelos y couriers, fue el ocaso del cartero al servicio exclusivo del estado, soñado por los Libertadores San Martín y Bolívar", pensó Carmen Hortensia cuando tomaba su tasa de café.

En las disposiciones transitorias de la norma, se declara a la Dirección de Correos en reorganización, con la finalidad de que, en un plazo perentorio, a través de una Comisión Reorganizadora, adopte las medidas de reestructuración orgánica y racionalización de personal, ratificándose, además, la Resolución arbitraria 301-91-TC. De esta manera, quedaba expedita la legitimidad, para obrar de las autoridades competentes, avizorándose una nueva ola de despidos.

La lucha clandestina asumida en defensa del gremio, se puede comprobar mediante el comunicado emitido por la oficina de Relaciones públicas de la Dirección de Correos, con fecha 11 de noviembre de 1991, donde se pone de conocimiento la difusión de boletines por parte del Frente Nacional de Trabajadores Postales, que "pretende soliviantar la tranquilidad laboral, asumiendo como *bandera de lucha* la supuesta negativa de la DGC., a pagar lo correspondiente, a la Ley de Estampilla Pro Navidad del Trabajador Postal" (...) "se invoca a los trabajadores postales a mantener la calma y la confianza que hasta el momento han sabido guardar, y continuar con el normal desarrollo de las labores operativas, debiendo igualmente mantenerse alertas frente a quienes usurpando una representación que no ostentan, pretendan utilizarlos para cumplir consignas políticas antidemocráticas y pro subversivas".

De acuerdo con los plazos establecidos y con el fin de legitimar los nuevos despidos, en noviembre de 1992, se publicó en el Diario Oficial, el Decreto Ley 25862, denominado Ley Orgánica del Sector Transportes, Comunicaciones, Vivienda y Construcción, mediante la cual se faculta a modificar el cuadro de asignación de personal, acorde con el proceso de restructuración administrativa, basado en el Programa de retiro voluntario con incentivos, y de calificación, evaluación y selección de personal.
-Era fijo que se venía una nueva ola represiva —me dijo Teófilo Sánchez, colega cartero, que hasta entonces había logrado sortear el despido.
-Este será el puntapié final, —contesté con el corazón entristecido, mientras bebíamos unas cuantas cervezas en la tienda de doña Victoria Antezana, en La Perla Alta.

Los trabajadores, rechazaron por enésima vez los ominosos despidos efectuados por la autocracia fujimorista, levantando su voz de protesta por calles y plazas, en espera de una solución que nunca aparecía. En la práctica, la Ley Orgánica, imponía una renuncia voluntaria para que los servidores públicos no sean arrojados como excedentes.

En el transcurso de las indagaciones, encontré el comunicado de la Dirección de Correos, de noviembre de 1992, donde se "invitaba" a los trabajadores para que renuncien a sus plazas; dicho boletín oficial, entre otros dice: *"El plazo para acogerse al retiro voluntario es de quince días calendarios a partir del 25 de noviembre de 1992; los trabajadores que no se acojan al programa, serán sometidos a una calificación y selección de personal; una vez concluida dicha selección, los trabajadores que no aprueben los exámenes establecidos, serán cesados por causal de reestructuración"*.

Por otro lado, en el comunicado del Frente Nacional de Trabajadores Postales, de fecha 7 de diciembre de 1992, se denuncia que nuevamente se *"está imponiendo una renuncia voluntaria y posterior declaración de excedencia, otorgándose incentivos míseros (...) se eliminan puestos de trabajo, que incrementará la legión de desocupados y llenará las calles de informales y ambulantes"*.

El 4 de enero de 1993, se publicó en el Diario Oficial, 54 folios donde se decreta el despido de indefensos servidores, por restructuración del Sector, a razón de 86 nombres por folio. Este nuevo atropello fue consecuencia del Decreto Ley 25862, o Ley Orgánica, en cumplimiento irrestricto de las cartas de intención, dictadas por el FMI. La norma se convirtió en el certificado de defunción de los Chasquis, quienes vieron afectada su inmemorial existencia. En este grupo de nuevos despedidos, entre otros se encontraban: el cartero, Teófilo Sánchez de la Cruz; los profesionales, Ismael Tacuri y Humberto Terán; y el técnico, Vidal Ticona, quien falleció de derrame cerebral, luego de publicada la lista.

Fue la agonía del servicio postal en manos exclusivas del Estado; de inmediato, SERPOST emite las Directivas N° 001 y 002-94-, para que el personal de Correos, se incorpore a la nueva razón social. Los grupos ocupacionales técnicos y auxiliares, serían admitidos, vía incorporación voluntaria, y los profesionales y funcionarios, vía concurso de selección. La permanencia en el trabajo estaría cautelada por el Decreto Legislativo 728, Ley de Fomento del Empleo.

La empresa SERPOST, a través del folleto intitulado "Amigo Trabajador Postal", dio las pautas para el proceso de absorción del último cartero. Los que ocupaban plazas de auxiliares o técnicos, debían presentar su solicitud de ingreso hasta el 5 de noviembre de 1994, caso contrario continuarían su carrera administrativa en el Ministerio de Transportes y Comunicaciones. Los grupos profesionales o directivos, debían presentar su solicitud hasta el 6 de noviembre de 1994 y rendir una prueba; en caso contrario, o de no calificar, continuarían sus labores en el ministerio.

De esta manera, un grupo de trescientos correístas fue atraído por la nueva empresa, bajo el régimen de la actividad privada, y sólo 150 trabajadores postales pasaron al Ministerio de transportes y Comunicaciones, donde la Dirección de Correos, asumió las funciones de un ente normativo y regulador. Poco tiempo después, fueron despedidos de la empresa, muchos trabajadores que fueron absorbidos de correos, quienes empezaron la sacrificada lucha por la reposición junto a sus antiguos colegas. La singular situación de SERPOST, merece un estudio aparte.

El año 1995, Alberto Fujimori, entonces representante de la alianza electoral Cambio 90-Nueva Mayoría, fue reelecto para un nuevo mandato presidencial, venciendo al embajador Javier Pérez de Cuéllar, candidato del frente electoral UPP, alcanzando 67 de los 120 escaños del Parlamento. Los primeros años del gobierno, se caracterizan por el auge del fujimorismo, principalmente por sus logros contra el terrorismo y la inflación, obteniendo estadísticas positivas de crecimiento económico. Además, se dictaron medidas para la inversión extranjera y una nueva Ley de Bancos.

Sin embargo, ocurrió un acontecimiento que concitó la atención del gobierno: la llamada *crisis de los rehenes*. El 17 de diciembre de 1996, catorce integrantes del Movimiento Revolucionario Túpac Amaru (MRTA), liderados por el ex dirigente sindical Néstor Cerpa Cartolini, tomaron como rehenes a 800 personas en la residencia de la embajada de Japón en Lima, lo que suscitó la atención internacional. La crisis llegó a su fin el 22 de abril de 1997, cuando mediante una operación militar fueron liberados 71 rehenes que aún se encontraban cautivos, con el saldo de un rehén muerto, cayendo abatidos todos los emerretistas.

Otro hecho que llamó la atención pública y que sirvió para unificar a la oposición política en el naciente Foro Democrático, fue la *Ley de Interpretación Auténtica,* promulgada por Alberto Fujimori, en la que se facultaba a sí mismo, para postular a un tercer período presidencial. El Tribunal Constitucional, dictaminó la inconstitucionalidad de esta ley; lo cual motiva que el Congreso, dominado por mayoría fujimorista, destituya en mayo de 1977, a los magistrados: Manuel Aguirre Roca, Guillermo Rey Terry y Delia Revoredo de Mur, quienes sancionaron inaplicable la norma para la *re-reelección*. La Corte Interamericana de Derechos Humanos, presentó una demanda al Estado peruano por el despido de los tres magistrados, originando que el Congreso "denuncie parcialmente" el Pacto de San José. Ante ello, la autocracia fujimorista intentó retirarse de la competencia contenciosa de la CIDH, siendo declarado inadmisible. La CIDH también sentenció a favor de la reposición de los trabajadores Municipales, del Congreso nacional, entre otros entes estatales.

En los primeros meses de 1999, el fujimorismo empieza a desdibujarse, debido al autoritarismo creciente, expresado en la injerencia del Ejecutivo en el poder Judicial, hecho que determina el menoscabo de la administración de justicia, cuya gestión mayormente estuvo en manos de jueces provisionales. A esto hay que agregar las dificultades económicas existentes y, los atisbos de corrupción en las esferas del poder y de los altos mandos militares, con la secuela de un gobierno de oídos sordos para atender las demandas laborales del pueblo en su conjunto. Motivado por estas razones y el descontento de los trabajadores, la CGTP convoca un paro nacional para el día 28 de abril.

A fines de su segundo mandato, el gobierno fujimorista enfrenta una gradual impopularidad, motivada por las denuncias de casos de corrupción y autoritarismo, lo que fue agravado por la recesión económica, originada, en gran medida, por la crisis asiática y el fenómeno del Niño, que afectó el cancerado bolsillo de los más pobres. Sin embargo, a pesar del emplazamiento del Foro Democrático y del referéndum anti reeleccionista, liderado entre otros, por Alberto Borea Odría, el presidente Fujimori, anuncia el día 27 de diciembre, su candidatura a las elecciones generales del 9 de abril de 2000.

Un hecho importante para el movimiento de los trabajadores postales, y que constituye el colofón de esta secuencia, es la reposición de la colega Alejandrina Sicos Tecse, reincorporada a la carrera administrativa del MTC, el día 23 de marzo de 2000, por mandato del Vigésimo Juzgado de Ejecución Laboral de Lima. Efectivamente, los considerandos de la Resolución Ministerial N° 121-2000-MTC, de reposición dicen:

> *"Que, el ex Tribunal Nacional de Servicio Civil mediante Resolución N° 1069-91-TNSC-1ra. Sala, de fecha 22 de junio de 1991, declaró fundada la apelación formulada por doña ALEJANDRINA SICOS TECSE; en consecuencia, declaró nulo y sin efecto el artículo 4° de la R.M. N° 301-91-TC/15.16, disponiendo la inmediata reposición de la actora, con derecho al pago de remuneraciones insolutas; la citada ex servidora demandó la ejecución o cumplimiento de lo dispuesto por el acotado ex Tribunal";*

> *"Que, con fecha 16 de agosto de 1999, el Vigésimo Juzgado de Ejecución Laboral de Lima, notifica a la Procuraduría Pública del MTC, de la Resolución Número Dieciocho, de fecha 09 de agosto de 1999, que admite la demanda de ejecución de la resolución administrativa firme, interpuesta por la ex servidora, y en consecuencia ordena que el MTC reponga a la accionante en un puesto similar al ocupado antes de producirse su cese, más el pago de la remuneración devengada e interés legal correspondiente;*

> *SE RESUELVE:*

> *ARTÍCULO PRIMERO. - REINCORPORAR a la carrera administrativa a doña ALEJANDRINA SICOS TECSE, en la Plaza N° 725, Cargo: Operador Postal II, Nivel Remunerativo: SAC, Grupo Ocupacional: Auxiliar, de la Dirección de Administración*

*de la Dirección General de Correos, por las razones expuestas en
la parte considerativa de la presente Resolución.*

*(FIRMADO): Alberto Pandolfi Arbulú, ministro de Transportes y
Comunicaciones.*

En el transcurso de las indagaciones, pude encontrar el Acta de
verificación de reposición de la demandante a su empleo; folio donde
consta el procedimiento ejecutorio forzoso para hacer efectiva la
reposición:

*"La Abogada adscrita a la Procuraduría Pública del Ministerio
de Transportes, Comunicaciones, Vivienda y Construcción (...)
quien se comprometió garantizar la ejecución de la resolución
de la reposición de la ejecutante en su puesto de trabajo, y por
tanto, pidió se exonere la presencia de la policía, comunicada a
las partes su pedido, éste fue aceptado (...) a efectos de dar
cumplimiento el mandato judicial".*

De esta manera, luego de nueve largos años a través de los cuales se
efectuaron innumerables marchas, movilizaciones y plantones,
sobrellevando de manera estoica una dramática lucha legal por el
resarcimiento de los derechos conculcados, a escasos 16 días de las
elecciones donde Alberto Fujimori postulaba a su tercera reelección; el
movimiento postal, por mandato judicial y con auxilio de la policía, logró la
reposición de una sola colega, quedando los demás despedidos en el más
completo desamparo.

Sin embargo, los trabajadores estatales despedidos por el nefasto Decreto
Supremo N° 004-91, se alistaban para enfrentar nuevas batallas.

SEGUNDA PARTE: SIN LUCHA NO HAY VICTORIAS

1. LA CAÍDA DE LA AUTOCRACIA

A pesar del "trabajo de hormiga" desplegado por los 500 mil despedidos, Alberto Fujimori, cobijado en la indebida Ley de Interpretación Auténtica, anunció al anochecer del 27 de diciembre, su candidatura a una tercera reelección. Era la 5.25 pm., cuándo comunicó su sueño de ser *"el iluminado para realizar el proyecto de un mundo moderno, dando el gran salto al siglo XXI para la revolución de las conciencias y, realizar la gran empresa de todos los peruanos"*. Esta profecía, prevista para 20 años de gobierno autocrático, había sido deslizada por Víctor Joy Way, uno de los ministros predilectos del régimen.

Competían con el chino: Alberto Andrade Carmona, Luis Castañeda Lossio, y Alejandro Toledo Manrique, quienes afinaron sus artes para una buena faena en el circo electoral, expectativas que disminuyeron al ser víctimas de furibundos ataques desde las entrañas del poder. Al inicio, el bonachón ex alcalde Lima, Alberto Andrade, tuvo un importante porcentaje en las encuestas, siendo el blanco preferido de la guerra sucia dirigida por Vladimiro Montesinos en la prensa cautiva. Luis Castañeda, también fue víctima de insultos y malévolas calumnias en las carátulas de los diarios chicha, que al fin de cuentas obtuvo los resultados esperados. Surgieron campañas psicosociales, portadas demoledoras y un sinfín de artimañas, para desprestigiar a la oposición. Pero, Montesinos descuidó su arremetida contra Alejandro Toledo, quien empezó a despuntar en las encuestas: 5%, 12%, 20%. Esgrimiendo el mensaje de: "recuperación del sistema democrático y crecimiento con rostro humano", Perú Posible, logró aglutinar un importante apoyo de todos los sectores sociales, entre ellos los 500 mil despedidos en forma irregular.

-Tuvimos que realizar un trabajo de "radio bemba", casa por casa, en los mercados de abastos y en las aglomeraciones de gente que ávida leían los titulares de periódicos –dijo Francisco Núñez, líder ferroviario. "Además, creamos Comités partidarios en nuestras viviendas, propagando el mensaje democrático que encarnó el cholo Toledo", recordé la mañana que escribía esta crónica.

-Nuestra sagrada misión, fue impedir la reelección de Fujimori y evitar que se atornille en el poder, luchar por la reposición hasta las últimas consecuencias -profirió Carmen Hortensia, mientras saboreaba su indispensable taza de café.

Los comicios se tiñeron de irregularidades, denuncias de fraude y falta de equidad de los medios, inclinándose la balanza a favor del candidato oficialista, quien salió triunfante sin alcanzar el porcentaje de votos válidos. Entonces, Fujimori se vio obligado a disputar una segunda vuelta electoral con Alejandro Toledo, líder del partido centro izquierdista Perú Posible.

La manifiesta intervención de tropas militares y la falta de libertad de expresión, opacaron el circo democrático, ocasionando el retiro de la Misión de Observación Electoral, representada por Eduardo Stein. Las elecciones *"no fueron libres ni justas",* manifestó el ex vicepresidente de Guatemala, en un lacónico informe oficial. Su reporte determinó que el tío Sam, como el viejo emperador Calígula en el circo romano, baje el dedo pulgar al condenado. "Este hecho me hizo reflexionar en la estrategia utilizada por los centros de poder mundial, los cuales persuaden a gobiernos y mandatarios, para implementar sus recetas; y, una vez cumplidas, son abandonados a su suerte", recordé la fría mañana que escribía esta crónica.

Las encuestas *a boca de urna* y el flash de las 4:00 de la tarde, anunciaron a Alejandro Toledo, como vencedor de los comicios, pero horas después, el singular funcionario llamado "papelito manda", desde la Oficina de Procesos Electorales, daba como ganador, al presidente Alberto Fujimori. Toledo, convencido del fraude electoral anunció su no participación en la segunda vuelta, si esta no se postergaba hasta levantar las observaciones formuladas por la Misión de la OEA. Ante la negativa, desistió de su candidatura convocando a sus seguidores el voto de conciencia.

-Por principios no votaré, es mi derecho. ¡Basta de dictadura! —dijo Carmen Hortensia-. No me importa la multa por el desacato. Hay que redoblar el trabajo de hormiga y el reparto de volantes. Todos los despedidos deberían abstenerse de votar.

- ¡Alejandro!, se ha cometido una injusticia, te han robado la elección, hay que seguir luchando en los tribunales porque existen argumentos y pruebas del fraude -dije a Toledo en el Aeropuerto Internacional Jorge Chávez, a su regreso del balneario de Punta Sal.

- ¡Ya papai! ¡Ya papai -me contesto él, muy preocupado-! Su esposa Eliane quedó pensativa. "Mi cholo sagrado", caviló.

Antes que el Congreso nacional ratifique los resultados, las fuerzas gobernantes confabuladas con la oligarquía militar, se empeñaron en reconocer el triunfo de Fujimori aludiendo que el circo electoral fue normal. La oposición y la comunidad internacional, tuvieron una impresión contraria. Sólo los presidentes Hugo Banzer de Bolivia, y Gustavo Novoa de Ecuador, participaron en la ceremonia de transmisión de mando. "Por qué mi papá estará tan preocupado", pensó Angelita, que entonces frisaba los nueve años de edad.

En este contexto y recordando las regiones en que se dividía el Imperio de los Incas, Alejandro Toledo, lideró la Marcha de los Cuatro Suyos los días 26, 27, y 28 de julio, captando un espontáneo y masivo apoyo popular. La fría mañana del primer día de lucha, fue envuelta por una densa neblina y un ferviente optimismo colectivo. Las calles polvorientas, se fueron poblando en forma silenciosa. Los protestantes oriundos del Chichaysuyo, fueron acogidos en una colorida carpa de circo, ubicada en el Parque de la Reserva, del centro de Lima. Aquel viernes de crudo invierno, Carmen Hortensia, Angelita y yo, nos sumamos a la multitudinaria caminata; antes, con el pretexto de una dolencia estomacal, habíamos solicitado permiso al Colegio San Nicolás de Tolentino, para que mi niña no asistiera a clases. Enorme fue nuestra sorpresa, al encontrarnos frente a frente, con el señor Ricardo Barrón Araoz, promotor del Centro Educativo, quien también participó en la marcha. "Buenos días señor profesor", le dijo Carmen Hortensia en forma solemne. Angelita y yo nos miramos haciendo un guiño. El promotor se hizo el desentendido, siguiendo su charla con Carlos Basombrío, colega que junto a Wilson Sagástegui, animaron el Primer Taller de Historia Obrera, donde hice mis bosquejos de investigación. Tras la diligente llegada de los manifestantes de la región norte del país, y con la aparición sigilosa de tenues rayos de sol, el ambiente se tornaba cálido. Gentes de todas las sangres, relucían estandartes y banderolas enhiestas, marchando con los acordes de diversos instrumentos musicales, entre tambores y zampoñas. De la colorida carpa, desfiló una muchedumbre eufórica a la voz de "pueblo, escucha y únete a la lucha", fuimos tomando las calles, interrumpiendo el paso de vehículos automotores. La policía montada, de cerca resguardaba a los escalones humanos del Perú profundo, en su lucha por la recuperación de la democracia. Así, se inició la Marcha de los Cuatro Suyos, mostrando un contundente rechazo a la autocracia fujimorista. "Las papas empezaban a quemar", pensé.

Al tercer día de la marcha, siendo las 2:00 de la tarde, frente a la Plaza José de San Martín, cuando se agruparon los manifestantes de los cuatro puntos cardinales del país; y, en el preciso momento de la toma de mando, se suscitó un pavoroso incendio en el Banco de la Nación de la Av. Nicolás de Piérola. Ante la avalancha de bombas lacrimógenas y la represión manifiesta, la situación se volvió incontrolable, surgió un desorden total. La temeraria acción de infiltrados y matones contratados por el Servicio de Inteligencia Nacional para provocar el caos, rendía sus frutos. Aviones Mig de la Fuerza Aérea, sobrevolaban muy bajo. Se suscitaron saqueos, incendios, y cientos de manifestantes detenidos. Los principales líderes, entre ellos Alejandro Toledo, con máscaras anti gases y la multitud enardecida, trataban de sortear la violenta represión. Agentes encubiertos, siguiendo un plan concebido penetraron al interior del banco dinamitándolo, hecho que provocó un pavoroso incendio en el cual murieron asfixiados seis vigilantes: Guillermo Angulo Concha, Pedro Valverde Baltazar, Antonio Gonzales Dávalos, Miguel Pariona Gonzales, Víctor Hugo Miranda y Víctor López Asca. Este crimen de Estado quedaría impune.

-Fueron aviones Mig o Mirage –preguntó Carmen Hortensia mientras bebía su taza de café.

- ¡Eran Mirage de guerra! –exclamó Fernando Toledo doce años después, cuando indagaba para esta crónica. Él me confesó aquella vez, que no presentó su solicitud de reposición a SIDERPERÚ, por temor a que la oposición maltrate a su hermano, entonces presidente de la República, con el pretexto de favoritismo político.

- ¡Ahora, ¡qué hacemos! Este nefasto acontecimiento motivará una represión maldita –me dijo Carmen Hortensia empapada de sudor-. Dios mío, Samu, serás perseguido, como en los tiempos del general Morales Bermúdez. "Entonces arrestaron a mi hermano Víctor, confundiéndolo conmigo, mi padre, que también fue miembro de la guardia civil, tuvo una reacción violenta", recordé.

-Borraré la propaganda y pintaré la fachada de la casa, tengo que ir a la clandestinidad –contesté sereno-. Amor, negrita linda, tú te harás cargo de Angelita y de Ana Miluska. Esperaremos el esclarecimiento de los hechos, ha sido una patraña montada por Montesinos. La Marcha de los Cuatro Suyos, fue el comienzo de la caída del régimen fujimorista.

Perú 2000, sin mayoría en el Congreso, pero afanado en realizar su proyecto autocrático, utilizó al siniestro Vladimiro Montesinos para comprar medios de comunicación y ponerlos a su servicio, pervirtió a parlamentarios de oposición, a personas de negocios, periodistas, jueces, artistas; manipuló a todo individuo que le sirviera como aliado para sus fines dictatoriales. Prueba de ello, es el "vladivideo" difundido el 14 de setiembre, donde se inicia la compra de parlamentarios tránsfugas.

"Fue alucinante ver el video en la salita del SIN, donde el accionista mayoritario de Panamericana Televisión, Ernesto Schultz Landázuri, recibía la burrada de dólares de manos de Montesinos", recordé la mañana que escribía esta crónica. Carmen Hortensia, asombrada, saboreaba su taza de café. Mientras, Angelita desfilaba rumbo al Colegio San Nicolás de Tolentino, por esa época ya nos habíamos mudado a nuestra casita del distrito de Los Olivos.

Ante la gravedad de los hechos y acorralado en circunstancias kafkianas, el 16 de setiembre, Fujimori dirige un mensaje al país anunciando la desactivación del SIN, la destitución de Montesinos´; y, convoca a nuevas elecciones en las que "no tomaré parte". La situación se tornó trágica por las pruebas de corrupción que fueron apareciendo: lazos con el narcotráfico, cuentas millonarias y una red de espionaje impuesta por Montesinos. Luego, el 29 de octubre, se levanta en la localidad de Locumba, el comandante del ejército Ollanta Humala Tasso, exigiendo la renuncia del presidente de la República y de toda la cúpula militar, a quienes acusa de corrupción, enriquecimiento ilícito, y de traición a la patria.

Enmarañado en los tejidos de su creación, aislado, sin apoyo de los centros de poder mundial y ante la presión de las organizaciones de derechos humanos, el 10 de noviembre de 2000, Alberto Fujimori, convoca a elecciones, en las que "no tomaré parte".

Ante el giro de los acontecimientos, el 13 de noviembre, con el pretexto de participar en el Foro de Cooperación Económica Asia pacífico, en el sultanato de Brunei y, sin autorización del Congreso nacional, Alberto Fujimori abandonó el país. Su imagen triunfal y don autoritario, se fueron extinguiendo.

"Y va caer, y va caer, la dictadura va caer", fue el gritó eufórico de los 500 mil despedidos.

Ante el vacío de poder y buscando una salida constitucional, la oposición otorga un voto de censura a la entonces presidenta del Congreso Martha Hildebrant, eligiendo como nuevo presidente del Parlamento nacional, al congresista de Acción Popular, Valentín Paniagua Corazao.

A las 8 y 45 de la mañana del domingo 19 de noviembre, el premier Federico Salas, anunció que Alberto Fujimori renunciaba al cargo de primer mandatario de la Nación, hecho confirmado por el vicepresidente Ricardo Márquez. Lo que realmente sucedió, fue que Fujimori había renunciado, vía fax desde el Japón, lugar donde se estableció como súbdito del imperio del sol naciente. El texto de la renuncia, entre otros decía:

> ..." Formulo, pues, ante usted, señor presidente del Congreso, mi renuncia formal a la Presidencia de la República, en concordancia con el artículo 113, inciso 3 de la Constitución Política del Perú".

El pleno del Congreso del 21 de noviembre, decidió no aceptar la renuncia, aprobando la permanente incapacidad moral y la vacancia de la presidencia de la República. La Resolución Legislativa N° 009-2000-CR, textualmente dijo:

> "Declárase la permanente incapacidad moral del Presidente de la República, ciudadano Alberto Fujimori Fujimori".

> "Declárase la vacancia de la Presidencia de la República, debiendo aplicarse las normas de sucesión establecidas por la Constitución Política del Perú".

Al siguiente día de la vacancia, aceptadas las renuncias de los vicepresidentes Francisco Tudela y Ricardo Márquez, asomó triunfante la figura de Valentín Paniagua Corazao. Se desvaneció la estrella fugaz de la autocracia Fujimorista y su proyecto de perpetuarse en el poder; fueron 117 días de incertidumbre y espanto.

¡No hay mal que dure 100 años, ni cuerpo que lo resista!, -dijo Miguel
Dávila Morón, a Artemio Herrera Román, cuando, entonces ya cesantes,
iban a recabar su planilla de pagos.

♫Todo tiene su final, nada dura para siempre, tenemos que recordar,
que no existe eternidad♫ —respondió el sacrificado ex cartero,
canturreando la popular canción del sonero boricua, Héctor Lavoe.

Marcha de los cuatro suyos: 28 de julio de 2000. Incendio del Banco de la
Nación y represión desenfrenada. Foto LaRepublica.pe

2. HISTORIA Y LIDERAZGO

En el transcurso de las indagaciones me vi inmerso en un violento periodo de la historia republicana, donde la organización sindical de Correos y Telégrafos tuvo singular relevancia. Me encontré en pleno gobierno del general Manuel Odría, quien, como haría Fujimori cuarenta años después, persiguió a la oposición mediante la Ley de Seguridad Interior, delegando a un individuo las tareas de la seguridad del Estado, la persecución policial, la censura a la prensa y agente del exilio de apristas y comunistas. El tristemente célebre Grigori "Rasputín", se reencarnó en Alejandro Esparza Zañartu, director de Gobierno y siniestro personaje del régimen, encargado de infiltrar una red de espionaje en sindicatos y organismos estatales. El dirigente sindical y político aprista Luis Negreiros Vega, fue una de las principales víctimas.

El general Odría, derrocó en octubre de 1948, al presidente constitucional José Luis Bustamante y Rivero, instalando una Junta Militar hasta el año 1950, cuando articuló una elección amañada. Entonces, la Liga Nacional Democrática, lanzó la candidatura del general Ernesto Montagne. Ante la inminencia del fraude se inicia la huelga de estudiantes del Colegio de la Independencia de Arequipa, sumándose los estudiantes universitarios y el movimiento civil, liderado por Francisco Mostajo. El 14 de junio de 1950, efectivos del ejército sitiaron la ciudad y tomaron las calles, sobreviniendo una fuerte represión. En la asonada, cayeron abaleados los jóvenes: Carlos Bellido y Arturo Villegas, culpándose a la oposición de los asesinatos. Detenido y deportado el general Montagne, Odría quedó como único candidato presidencial.

Poco antes de estos luctuosos acontecimientos, con el afán de neutralizar la organización gremial de los empleados estatales, el 29 de mayo de 1950, se promulga el Decreto Ley 11377, Estatuto y Escalafón del Servicio Civil, que en su Artículo 49 estableció:

> *"Los empleados públicos podrán asociarse sólo con fines culturales, deportivos, asistenciales o cooperativos. Dichas asociaciones están prohibidas de adoptar la denominación u organización propia de los sindicatos, de adoptar las modalidades de acción de estos organismos, de ejercer coerción en sus peticiones y de recurrir a la huelga".*

El equilibrio del modelo económico primario exportador, implementado por Odría, sufrió un serio revés, debido al armisticio de la guerra de Corea en 1953; por lo que, atendiendo las recetas de los organismos multilaterales de crédito, devaluó la moneda y redujo el gasto fiscal. En el campo político, se persiguió a toda oposición.

A pesar de las amenazas y la represión policiaca, los servidores de Correos y Telégrafos, motivados por los bajos sueldos, y la inmoralidad galopante, no obstante, de estar impedidos de actuar como sindicato, inician el 23 de abril de 1950, una huelga indefinida, formando un Frente de lucha con las cuatro asociaciones existentes de la siguiente forma:

Asociación de Telegrafistas y Radiotelegrafistas: Wilfredo Gordillo Fernández, Antonio Torres Segura, y Carlos Bruzzone. **Sociedad de Empleados de Correos:** Manuel Campos Contreras, y Rosa Delonte. **Asociación Nacional de Carteros:** Antenor Sánchez Torrico, y Moisés Gaspar. **Asociación de Choferes:** Teodosio Torres Zavala.

-De los líderes nombrados, tuve una amistad cercana con Teodosio Torres Zavala, quien antes de ingresar al correo, fue un cachascanista profesional conocido como el "Bruto", -comenté a Carmen Hortensia, la fría mañana que escribía esta crónica.

-Muchos dirigentes y personas anónimas, lucharon en defensa de las conquistas sociales debido al desarrollo de su conciencia de clase -dijo Carmen Hortensia, cuando servía una taza de café cargado. "La conciencia de clase, es entendida como el proceso en que los trabajadores desarrollan su comprensión de la sociedad en que viven, partiendo de un primer nivel sensorial, a otro de mayor grado racional, que determina una organización política para el cambio social", pensé.

El valiente dirigente Cajacuri, radiotelegrafista de la ciudad de Cajamarca, propagó el inicio de la huelga, lanzando el "santo y seña", a través del alfabeto Morse: "Ya", significaba la paralización de los servicios; y, "Si", levantar la huelga.

Al respecto de esta huelga, el líder postal Oscar Montoya Marín me dijo en una entrevista:

> *"Recuerdo que, en la huelga de 1956, se formó un Comité Central de Defensa de las Conquistas Económicas y sociales. Puedo decir que, a fines de abril, llegó el general Remón, quien procedía de Palacio de Gobierno con un pelotón de tropa, para desalojar al personal que estaba reunido en el servicio aéreo, y con órdenes terminantes de "meter bala", en caso de desacato (...) Luego, de allí, nos fuimos al local de la Federación de Empleados Bancarios, que se encontraba en el Paseo Colón".*

La huelga, tuvo una importante presencia de las mujeres, quienes cumplieron una descollante labor. Veamos el desgarrador testimonio de Blanca de Lozano, quien participó en esta lucha:

> *"Esta huelga fue para la mujer que trabaja en correos y telégrafos, un penoso pero beneficioso despertar. Ella sabía de las penalidades, de un hogar con economía insuficiente; y, al clamor de un pan más para los suyos, sólo encontró como respuesta, el desalojo de su trabajo, la prepotencia policial, y la amenaza del tristemente célebre "rochabús" que acudió presuroso; pero nada de esto nos amilanó. Muy al contrario, tanta injusticia y atropello solo sirvieron para provocar una valiente reacción, y así nos colocamos en primera línea, rodeando a los colegas varones, protegiéndolos de los varazos de la policía" (*).*

La huelga de 1956, terminó en forma exitosa, debido al arrojo de los dirigentes, al desarrollo de la conciencia de clase y por la férrea unidad de los actores sociales, quienes no claudicaron, a pesar de la represión del siniestro Esparza Zañartu. La Guardia Civil pretendió romper la huelga, intentando realizar el reparto domiciliario de cartas y telegramas, hecho que finalmente no consiguió debido a la gran acumulación del servicio. El movimiento huelguístico culminó victorioso, logrando un incremento salarial del 50 % para los trabajadores del sector, haciéndose extensivo a todos los servidores estatales, incluyendo las fuerzas armadas.

(*) El "rochabús", fue el carro rompe manifestaciones, inaugurado es esta huelga. Fue propuesto por el ministro Temístocles Rocha.

-El local de combate, fue la Federación de Empleados Bancarios, se plegaron a nuestra huelga, administradores y supervisores, fue un rotundo éxito –me dijo Víctor Maldonado Sanabria, cuarentaisiete años después.

Este hito histórico, fue la respuesta combativa del movimiento postal telegráfico, debido a su paupérrima situación, vinculada a su experiencia sindical, y al surgimiento de nuevos líderes en plena crisis social.

El liderazgo es la capacidad del individuo para alcanzar una meta propuesta. Arthur M. Schlesinger Jr, sostiene que: *"la idea del liderazgo reafirma la capacidad que tienen ciertos individuos para conmover, inspirar y movilizar masas de personas para que actúen al unísono en busca de un fin determinado. A veces el liderazgo sirve al bien y a veces al mal, pero ya sea su fin benigno o maligno, los grandes caudillos son aquellos que dejan su sello personal en la historia"*.

El concepto de liderazgo, presenta algunas acepciones que provienen desde la época clásica hasta la más reciente. Diversos pensadores, escuelas y teorías, consideran al individuo como un simple operador de lo que ha sido previamente allanado por lo que podría denominarse: dioses del mundo antiguo, superioridad racial, espíritu de la época, determinismo histórico, entre otros; coincidiéndose en que la acción del individuo está determinada por fuerzas superiores. Verbigracia, la escuela histórica fatalista, construye su concepción en virtud de que todo fenómeno *se produce como inevitablemente debía producirse*.

El análisis de Jorge Plejánov dice: *"Gracias a las particularidades de su inteligencia y de su carácter, las personalidades influyentes pueden hacer variar el aspecto individual de los acontecimientos y algunas de sus consecuencias particulares, pero no pueden hacer variar su orientación general, que es determinada por otras fuerzas. Las particularidades individuales de las personalidades eminentes determinan el aspecto individual de los acontecimientos históricos, y el elemento casual desempeña siempre cierto papel en el curso de estos acontecimientos, cuya orientación está determinada, en última instancia, por las llamadas causas generales, es decir, de hecho, por el desarrollo de las fuerzas productivas y las relaciones mutuas entre los hombres en el proceso económico-social de la producción, que aquél determina"*.

Schlesinger, afirma que el propio concepto del liderazgo implica la idea de que los individuos sí cuentan, y no son insignificantes agentes o peones de las fuerzas superiores que dictan lo que debería hacerse.

Los grandes líderes son una evidencia de la realidad humana frente a la historia. Ellos dan testimonio de la sabiduría y del poderío que puede encontrase dentro de cada una de las personas, por más humildes que parezcan. Un auténtico líder, congruente con las acciones que responden a los vaivenes de la época, muestra el camino del beneficio y el bienestar de los seres humanos, para mejorar su calidad de vida, asumir la defensa del equilibrio ecológico, lo derechos humanos, la paz duradera, entre otros.

En mis indagaciones descubrí innumerables paradigmas de liderazgo, siendo los más emblemáticos: Miguel Grau y Túpac Maru II, prohombres que realizaron acciones valerosas con el fin de alcanzar sus metas propuestas. Sin embargo, en forma coherente con la presente crónica, elogio la decisión asumida por Valentín Paniagua Corazao, quien desde su escaño parlamentario combatió a la dictadura, exigiendo libertades democráticas. En el contexto de la época, y flanqueado por la lucha de 500 mil despedidos, el presidente Valentín Paniagua, puso en el tapete la demanda de encontrar una solución favorable a los ceses arbitrarios, ejecutados sin piedad, por la autocracia fujimorista.

Valentín Paniagua Corazao, recibió el grado de doctor en derecho. Desde muy joven presidió la Federación de Estudiantes del Cusco y fue militante de la Democracia Cristiana, pasando luego a Acción Popular, partido fundado por el ex presidente Fernando Belaunde Terry. Fue elegido diputado por el Cusco en 1963 y ministro de Justicia y Culto en 1966. En 1980 fue electo diputado y cuatro años después, ministro de Educación. En el año 2000 fue miembro de la bancada parlamentaria de oposición al fujimorismo, siendo elegido presidente del Congreso el 16 de noviembre de 2000. Ante la renuncia que hiciera Alberto Fujimori por medio de un fax, fue designado presidente del Gobierno de Transición, entre noviembre del año 2000 y julio de 2001.

En un homenaje rendido al eximio líder, se expresó entre otros lo siguiente:

"El 16 de octubre de 2006, murió el ex presidente Valentín Paniagua, quien jugó un papel decisivo en la transición de la dictadura de (Alberto) Fujimori hacia el restablecimiento de la democracia en el país. Parecía algo difícil de creer que la persona que nos había devuelto la fe en las instituciones y que se retiró del poder sin aspavientos, se hubiera ido de una manera tan sigilosa. Pero la discreción era parte de su carácter y eso se reafirmó también a la hora de la muerte... En la agenda que se impuso Paniagua, después de concluir el gobierno de Transición, fue prioridad el predicar que era posible construir un país que a través del diálogo y el consenso logre el bienestar y que éste alcance a todas las peruanas y peruanos".

También se dijo: "Fue una persona honrada y capaz de devolverle la agenda política al país. Era un político que hacía lo que pensaba, y guardaba coherencia entre sus palabras y sus actos. Era una persona con gran coraje. No ha habido otro presidente que ponga en prisión a un centenar de altos oficiales de las FF.AA. involucraos en corrupción. Su deceso fue una tremenda pérdida para la democracia".

Entre las obras realizadas por Valentín Paniagua se destacan: la convocatoria a elecciones generales; la creación de la Comisión de la Verdad y Reconciliación; y, la revisión de los ceses colectivos, dictaminados por el nefasto Decreto Supremo 004-91-PCM.

DIARIO OFICIAL

El Peruano

FUNDADO EN 1825 POR EL LIBERTADOR SIMÓN BOLÍVAR

Ñormas Legales

Director: Manuel Jesús Orbegozo

http://www.editora...

"AÑO DE LA LUCHA CONTRA LA VIOLENCIA FAMILIAR"

Lima, miércoles 22 de noviembre de 2000   AÑO XVIII - N° 7457

CONGRESO DE LA REPÚBLICA

RESOLUCIÓN LEGISLATIVA DEL CONGRESO Nº 009-2000-CR

**VALENTÍN PANIAGUA CORAZAO
PRESIDENTE DEL CONGRESO
DE LA REPÚBLICA**

POR CUANTO:

**EL CONGRESO DE LA REPÚBLICA;
Ha dado la Resolución siguiente:**

DECLARACIÓN DE PERMANENTE INCAPACIDAD MORAL DEL PRESIDENTE DE LA REPÚBLICA Y VACANCIA DE LA PRESIDENCIA DE LA REPÚBLICA

Artículo 1°.- Declaración de permanente incapacidad moral del Presidente de la República
Declárase la permanente incapacidad moral del Presidente de la República, ciudadano Alberto Fujimori Fujimori, según lo establecido por el inciso 2) del Artículo 113° de la Constitución Política del Perú.

Artículo 2°.- Declaración de vacancia de la Presidencia de la República
Declárase la vacancia de la Presidencia de la República, debiendo aplicarse las normas de sucesión establecidas por el Artículo 115" de la Constitución Política del Perú.

POR TANTO:

Cúmplase y publíquese.

Dada en el Palacio del Congreso, en Lima, a los veintiún días del mes de noviembre de dos mil.

VALENTÍN PANIAGUA CORAZAO
Presidente del Congreso de la República

LUZ SALGADO RUBIANES DE PAREDES
Primera Vicepresidenta del
Congreso de la República

13322

3. POSTALES JUNIO DE 1975: CRÓNICA DE UNA VICTORIA

Las indagaciones me encaminaron hacia escabrosos caminos recorridos por carteros y telegrafistas, en la búsqueda tenaz de una vida digna consumada en su parca cena familiar. Ellos, asediados por circunstancias adversas, pero encumbrados en la utopía de los milenarios chasquis, lucharon en gobiernos autoritarios y en precarios ciclos democráticos, por alcanzar su identidad; logrando importantes conquistas, como: jubilación, ocho horas de trabajo y descanso dominical. Los hechos fueron protagonizados por sujetos, actores de carne y hueso, que dieron todo de sí y para sí, en busca de una vida digna con autoridad de organizarse en forma autónoma. Un paradigma de liderazgo se dio a mediados del siglo pasado, con el surgimiento de una organización gremial de mayor jerarquía. Entonces, el presidente Manuel Prado Ugarteche, asumió un segundo gobierno el 28 de julio de 1956, dejando sin efecto la siniestra Ley de Seguridad Interior ejecutada en el "ochenio" de Manuel Odría. La meta de los líderes postales de entonces, fue cohesionar la organización gremial, en un movimiento de frente único, desarrollando su nivel de conciencia de clase. El radiotelegrafista Jorge Castro Sánchez, de la base de Talara, sugirió la creación de la Federación de Trabajadores de Correos y Telégrafos (FECOTEL), moción que fue aprobada en el Primer Congreso Nacional del 3 de julio de 1958.

Por su trasparente labor sindical y el espíritu unitario demostrado a lo largo de su vida, Pablo Granda Dongo, fue elegido primer secretario general de la FECOTEL, siendo acompañado por: Manuel Contreras Campos, Enrique Dávalos Rivera, Jorge Pérez Barreto, Gilberto Medina Rodríguez, Blanca de Lozano, Irma Barreto, Eduardo Cáceres Chocano, Gisela Abel Guzmán, Paulina de Cáceres, Teodosio Torres Zavala, Saúl Morante Pacheco, entre otros líderes.

"Fueron varias las entrevistas que realicé a Pablo Granda en su domicilio del distrito limeño de Lince, ya retirado de la actividad postal", recordé cuando ojeaba unos folios enmohecidos. Él, era un hombre de mediana estatura, contextura gruesa, y de una gran agilidad mental. "En el gremio postal había un sentimiento fraterno muy auténtico, luchábamos para todos, ni por prebendas personales, ni por intereses políticos, enfrentando a gobiernos represivos; prueba de ello fue la inmolación del telegrafista Antonio Torres Segura, quien combatió en forma valerosa los desafueros y vejámenes de José Vargas Matta, entonces Director de Correos", me dijo nostálgico. Antes de quemarse como bonzo frente al Palacio de Gobierno, Antonio Torres Segura dejó la siguiente carta:

Lima, 22 de diciembre de 1959
Sr. Pablo Granda
Estimado Pablo:

Te extrañará que te escriba
pero es para que busques se haga
justicia en este Ramo y se
respete la dignidad de los
trabajadores de Correos y Telégrafos.
Con estas letras me estoy despidiendo,
me han hecho la gran trampa
en la Caja General para humillarme,
pero se tomar decisiones y ya la
he tomado.
Te voy a pedir un gran servicio
has que hagan una investigación
a fondo en la Caja General, (José) Vargas Matta
ha organizado una gran Mafia en ella.
Cuando puedas visita a mi familia,
hasta siempre Pablo.
Tu amigo
Toño
(Firma y huella digital).

Pablo Granda Dongo, Secretario General de la Federación de Trabajadores en Correos y Telecomunicaciones del Perú, gestor y propulsor de nuestro gran movimiento.

Foto revista FECOTEL Nº 1. Lima, abril 1959.

El movimiento postal telegráfico, iniciado a mediados de la segunda década del siglo XX, se desarrolla a lo largo de la centuria amparado en sus propias fuerzas, confirmando su labor pionera en la organización de los trabajadores estatales. "Con la Unión Telegráfica de Auxilios Mutuos, la postal telegráficos fundaron en 1915, la primera organización sindical de trabajadores de comunicaciones en todo el orbe", pensé la fría mañana que escribía esta crónica. La Unión, de comprobada influencia anarquista, luchó por mejoras económicas, estabilidad laboral y revalidación de la Ley de Jubilación y Montepío otorgada en el régimen de Ramón Castilla y derogada en 1875.

La autocracia de Alberto Fujimori, no sólo precarizó la actividad laboral, sino con el Decreto Ley N° 26093, dejó una espada de Damocles para los servidores de carrera. Con esta norma, los titulares de los ministerios y de las instituciones públicas, debían efectuar cada seis meses: "programas de evaluación de personal", que en la práctica significó la supresión de la estabilidad laboral y el despido intempestivo de miles de trabajadores. "En nuestro centro de trabajo existía una psicosis colectiva, éramos un manojo de nervios, no sabíamos cuándo nos iban a despedir", me dijo, la bella María Elena Cobián, cuando indagaba para esta crónica
.

A siete meses del gobierno Transitorio de Valentín Paniagua, el Congreso nacional en un contexto social efervescente y presionado por las exigencias de los trabajadores, promulgó la Ley N° 27487, anulando el decreto que llamamos espada de Damocles; disponiendo la conformación de Comisiones para revisar los ceses irregulares. Una luz asomó al final del túnel, alumbrando el devenir del último cartero que naufragaba en el tiempo.

Por fin, el 4 de julio de 2001, salió a luz el Decreto Supremo N° 021-2001-TR, refrendado por el presidente Paniagua, documento paradigmático donde **se establecen disposiciones para la conformación** *y funcionamiento de las Comisiones Especiales, encargadas de revisar los ceses colectivos en el sector público.*

¡Bravo!, grité eufórico al leer la norma cuando participaba del mitin convocado por el Sindicato de Vendedoras de Escobas de Arequipa. "Dios mío, qué grande eres, bendito seas Señor", fue mi rezo silencioso. Habían transcurrido 10 años y seis meses, desde que el régimen de Fujimori, ordenó los despidos de 500 mil empleados públicos. Las Comisiones

Especiales, debían revisar los ceses producidos en el marco de leyes antilaborales, verbigracia el nefasto Decreto Supremo N° 004-91-PCM. La constante presión ejercida por los despedidos, en calles y plazas públicas, fortalecida ahora, con el apoyo orgánico de la Confederación Intersectorial de Trabajadores Estatales (CITE), y de las Centrales sindicales, empezó a florecer.

Fue uno de los momentos más felices de mi vida, quizá comparado a las noches cuando mi dulce madre narraba mágicos cuentos y cantaba pasillos de la lejana Provincia del Oro; sentí el primer beso de Carmen Hortensia; vi el nacimiento de mis hijas Ángela María y Natalie Victoria; me encontré nadando con mis diez hermanos en las frías aguas de la playa Cantolao del puerto del Callao; extraordinarios recuerdos desfilaron por mi mente. El líder sindical, José Campana León de Peralta, afirmó en una entrevista con motivo de mi tesis, que la huelga de 30 días del año 1959, recibió la solidaridad de la Federación de Estudiantes del Cusco, entonces presidida por Valentín Paniagua. La base del Cusco, siempre fue combativa; y, años después, ya en mí época de dirigente, luché codo a codo, junto a los delegados: Domitila Abarca, Luis Loayza, Inés Paniagua, entre otros eximios líderes. Recuerdo a todos, compañeras y compañeros, luchadores de siempre, adalides defensores de una vida digna para los trabajadores. Fue un honor combatir juntos, una bendición haber compartido innumerables jornadas de lucha con personas consecuentes, quienes no sintieron ningún complejo para defender sus derechos. La compañera Carolina, secretaria general del Sindicato de Vendedoras de Escobas de Arequipa, me asestó una tierna miraba, frente a su delicada belleza y sentado frente al mar, no pude evitar mi afán concupiscente.

"Se otorgó un plazo para fundamentar la revisión de nuestros casos hasta el 23 de julio de 2001, fecha que se prorrogó un mes más", recordó Carmen Hortensia, cuando zurcía las medias cubanas de Angelita. Después de la tempestad apareció la calma, y los nuevos bríos democráticos levantaron el ánimo de individuos que bregaban por resarcir sus derechos. Poco más de un centenar de postales demandaron al Ministerio de Transportes y Comunicaciones la revisión de sus ceses. Carmen Hortensia, motivada por la fe y la esperanza, presentó su legajo en 13 impecables folios, el 6 de agosto de 2001.

La apelación realizada por la treintena de postales, a la R.M. N° 301-91-TC, que declaró excedentes a 447 trabajadores, ocasionó que el ex Tribunal

Nacional de Servicio Civil, sancione la reincorporación de los demandantes. Pero, tras nueve años de litigio, sólo una trabajadora: Alejandrina Sicos Tecse, logró la ansiada reposición; pisoteándose la ley, en atención a las *Cartas de Intención,* dictadas por el FMI y el Banco Mundial. Juan Araníbar Segovia, y los pioneros de la disputa legal, continuaron la lucha iniciada por el Frente Unido de Trabajadores Postales (FUTP), realizando marchas, ollas comunes, huelgas de hambre; para que el gobierno, preste atención a sus ansiadas demandas.

Luego de diez años de tempestad, un aire fresco empezó a soplar en el firmamento, pues la democracia irradiaba nuevas esperanzas y estados de ánimo, propiciando recargadas energías en pos de la ansiada reposición. Las cartas estaban sobre la mesa; sin embargo, la *intuición* de los líderes, avizoraba un abigarrado panorama, ya que la revisión de los ceses recayó en la *Comisión de Procesos Administrativos*, que antes había efectuado los despidos. La cosa estaba un poco sombría, falta de transparencia.

El 28 de julio de 2001, cuando Alejandro Toledo asumió la presidencia del país luego de derrotar a Alán García en las elecciones, los postales fortalecidos por la participación en la Marcha de los Cuatro Suyos, solicitamos una audiencia al nuevo mandatario, diciendo ser "un conjunto de postales despedidos desde el año 1991 y, no obstante haber obtenido resoluciones de reposición del Tribunal Nacional de Servicio Civil y del Poder Judicial, no hemos sido atendidos por las malas autoridades del gobierno anterior (...) consideramos que el servicio postal, concedido a SERPOST, debe volver a ser administradas por la Dirección de Correos, para evitar la muerte de los chasquis al servicio exclusivo del Estado". Firman: Juan Araníbar Segovia, Oscar Paz Solano, María Elena Meléndez Hidalgo, y Consuelo Chichipe Campomanes.

En las indagaciones, encontré el Oficio N° 050-2002-MTC/15.05 del 4 de enero de 2002, dirigida a los líderes del FUTP: María Elena Meléndez, Juan Araníbar y Norma Mori Ortiz, a través el cual el vice ministro de Transportes Gustavo Guerra García Picasso, comunica la instalación de una Comisión Especial con asistencia de la Organización Internacional del Trabajo (OIT), para encontrar "las alternativas de solución al caso de los ex trabajadores Postales – SERPOST, cesados en el período 1990 al 2000". Luego de algunas mesas de trabajo entre los funcionarios del gobierno, el Frente y la OIT en la persona de Francisco Verdera, se emite una propuesta oficial que confirmaba la intuición de los líderes:

"Se ha podido constatar que la mayoría de los 89 ex trabajadores de la Dirección General de Correos que reclaman reposición, renunciaron con incentivos al Ministerio de Transportes, Comunicaciones, Vivienda y Construcción – Dirección General de Correos. En consecuencia, tales trabajadores no están comprendidos en la revisión de ceses colectivos a que se refiere la Ley 27487 y por lo tanto, no les asiste ningún derecho legal para reclamar una revisión de las decisiones adoptadas individualmente en su oportunidad".

"Cosa más grande en la vida, chico", recordé, mientras leía el pliego.

El exordio ratificó la intuición de los líderes, pues era difícil admitir que los responsables de la destitución irregular reconociesen su error; por el contrario, ellos sostuvieron actuar de acuerdo a ley *"cumpliendo el mandato del supremo Gobierno"*. Sin embargo, por mediación de la OIT, formularon tres propuestas: "Presentar al Ministerio de Trabajo, un proyecto de norma que permita proceder a la jubilación anticipada de los ex trabajadores con 55 años cumplidos al momento del cese; facilitar cobertura de atención médica a los ex trabajadores afectados de enfermedades graves y que no estén protegidos por la Seguridad Social; y, otorgar capacitación a un total de 60 ex trabajadores, para formar microempresas de mantenimiento".

En este contexto y sumidos en una difícil situación económica, con el apoyo del profesor Teófilo Barrionuevo Huanca, "logré matricular a Ángela María en el Centro Educativo LATINOAMERICANO de Los Olivos", recordé la fría mañana que escribía esta crónica. "Gracias a la media beca otorgada por el promotor educativo, mi menor hija iniciaba sus estudios secundarios", pensó Carmen Hortensia.

La *intuición* de los líderes, fue producto de su experiencia colectiva de lucha, lo que me recuerda el prolijo análisis de Alberto Flores-Galindo, sobre la obra de José Carlos Mariátegui, cuando el autor de *Buscando un Inca*, señala que la autenticidad del amauta Mariátegui, se sustenta en su cercanía a la multitud y la historia. Con esta intuición y su larga trayectoria de lucha sindical, los trabajadores postales telegráficos, protagonizaron el 19 de junio de 1975, en pleno gobierno militar del general Juan Velasco Alvarado, una férrea jornada de protesta, hecho que narré en el opúsculo, Postales junio de 1975 Crónica de una victoria:

Siete mil trabajadores de Correos y telégrafos, cansados de las promesas, y en pleno régimen militar, iniciamos la huelga general indefinida liderada por los presidentes de las cuatro Asociaciones Postales Telegráficas: Froilán Juro Monzón, Domingo Flores Soria, Carlos Arráscue Fernández, y Julio Alvarado Cerna. El primer día de huelga, se organizó una marcha que partió del local de carteros, ubicado en el colonial distrito del Rímac, pasando por el frontis de los diarios Expreso, La Prensa, y El Comercio, siendo reprimidos por la policía de asalto, a la altura de la Av. Emancipación, donde se armó un alboroto. Pancartas alusivas al general Juan Velasco, y banderolas multicolores, fueron confiscadas por agentes del orden. El compañero Juan Cossi Escudero, mostró una bomba lacrimógena ensangrentada, que impacto en la cabeza de un telegrafista. La sede institucional del movimiento, tuvo una constante vigilancia por agentes de seguridad del Estado, corriendo el rumor de que sería tomada por asalto, como el cuartel de Radio Patrulla en la huelga policial del 5 de febrero, donde fueron abatidos 86 individuos, con numerosos heridos y detenidos, entre ellos los guardias civiles líderes del movimiento. Los estudiantes de medicina humana de San Fernando, el Comité de Comensales, y del Centro Federado de Economía, de la Universidad de San Marcos, apoyaron las movilizaciones y auscultaron a los huelguistas, lográndose la alianza obrero-estudiantil. A siete días de protesta, se organizó el operativo "Ir a misa", que consistía en tomar la Catedral de Lima, el cual abortó por infidencias que llegaron a oídos de la policía. Días después, se realizó el plan de contingencias llamado "Subir al barco". Las compañeras María Valdizán Reaño, Rosaura Blancas Arroyo, Felicitas Cisneros, Mariana Gómez, Gladys Zegarra, Elena Morales, Elsa Rabines y más de un centenar de colegas mujeres, tomaron la iglesia de San Pedro "hasta las últimas consecuencias"; mientras, en la casona virreinal del jirón Paita 426, se velaba el cadáver de la hija de la compañera Ana Ibarra, muerta cuando su madre se encontraba en huelga. Recuerdo la actitud valiente y hospitalaria de la compañera Gladys Zegarra, guapa servidora de telégrafos, quien muchas veces nos acogió en su casa de la Unidad Vecinal del Rímac, para las reuniones clandestinas. En forma paulatina, fueron llegando los delegados provinciales: Amalio Salinas y, Maximiliano Guaracha (Arequipa); Evaristo Montoya, y Mario Flores Medina (Ica); Antonio Torres Mechán, y el compañero Mendo (Chiclayo); Domitila Abarca, y Luis Loayza (Cusco); el compañero Aliaga (ILO), entre otros. En la conducción de los debates de la sesión permanente, destacó el orden impuesto por José Zapata Paredes, quien inició su labor sindical en la ciudad de Casma, para luego presidir y reactivar la Asociación de

Telegrafista y Radiotelegrafistas Peruanos (ATRP); años después sería electo como secretario general del Sindicato de Trabajadores de Entel Perú.

La principal preocupación de los líderes, fue si las bases resistirían los 10 días consecutivos de huelga, temiendo el despido por abandono de cargo. Domingo Flores Soria, con lágrimas en los ojos, recordó la muerte de Antonio Torres Segura, mártir postal que se inmoló por los abusos cometidos en la dirección de José Vargas Matta. Todos cumplíamos las tareas con celo y precisión. Luis Goyburo Llanos y Julio Milla Talavera, condujeron las charlas de capacitación; Luis Rojas del Risco y Enrique Huapaya, imprimían los volantes en el sindicato telefónico de la Av. Uruguay 335; Hernán Gamboa Briceño, en compañía de su padre, bajaba a las fábricas en busca de solidaridad de clase; Pablo Ochoa Jurado, era el encargado de las coordinaciones con el clero a través de Monseñor Luis Bambarén Gastelumendi; Sonia Morales, Inés Panduro y José Fernández de la Cruz, eran los responsables de la comunicación con las diferentes bases; a mí se me eligió responsable del II Comando de huelga, en caso fueran detenidos los dirigentes principales. Félix Barbarán Salazar, Luis Agurto Torres, y Segundo Rojas Chumbe, afinaban la estrategia clasista. El grupo de jóvenes universitarios, entre quienes me encontraba, junto a Héctor Chumpitaz López, Carlos Salazar Pérez, Felipe Chuquillanqui Ricaza y Pedro Tuesta Meza, al que Domingo Flores bautizó como "los chicos malos", constituyó el soporte ideológico del movimiento. En las noches, se oía el trinar de una guitarra y la voz melódica de José Arrunátegui Salaverry. La información secreta de los sucesos, se confió a la entrañable compañera Aline, con la misión de enlace entre los dos Comandos de huelga, para el reporte diario de los hechos. "Rosa Victoria, era su nombre de bautismo, pero en *La causa del pueblo*, célula de estudios, donde conspirábamos contra las iniquidades del mundo, le decíamos Aline. En esta célula, todos utilizábamos seudónimos: Sergio, Pocho, Roca, Varlín, Helena, Antonio, Javier, Pepe Peña, René, Joaquín, Pizarro, Martín; fustigábamos la guerra de Vietnam, el apartheid, la segregación racial; exigiendo libertades democráticas, paz, y justicia social. Se discutían los conceptos de *Libertad como conciencia de la necesidad*, propuesto por Jorge Bossio Garrido, y el Imperativo categórico desarrollado por Félix Pacheco Menchola en un breve ensayo; o *El Manifiesto comunista*, traído por la lúcida compañera René. Aline, fue mi primer amor juvenil, con quien compartí grandes momentos de goce y de pena, de alegría y castidad. El día aciago de nuestra separación, ocasionada por vicisitudes que nunca pude entender, creí que jamás me volvería a enamorar; quedé hecho añicos, tuvo que correr bastante agua por el río, para superar mi nostalgia. La ternura y femineidad de Carmen Hortensia, devolvió la alegría a mi corazón entristecido, entonces aprendí a olvidarla". Al amanecer, empezaba el desfile de las comisiones de trabajo, en busca de solidaridad por fábricas, universidades, mercados bodegas, y microbuses. Antonio Santos Oré, retornaba con costalillos repletos de papas, verduras y pescado fresco, para la olla común. Los compañeros Wilson Apaéstegui, y Blanca Jarrín, trajinaban por la cocina de quincha, procurando atención esmerada a los cientos de ávidos comensales; la Cooperativa Agraria Huando, mercados de abastos, y otras instituciones, se hicieron presentes con su solidaridad de clase. A 13 días de paralización del servicio postal telegráfico, Manuel Gómez Sánchez, encargado de la seguridad del comando, impidió el ingreso de mi madre Rosa y de mi hermana Edith, quienes me daban por no habido. "En casa estábamos preocupados, creíamos que te habían desparecido, pero el "cojo" Gómez Sánchez, nos impedía ingresar al local", me dijo mi hermana Edith, ante la mirada atónita de mi dulce madre. "Manuel Gómez Sánchez, cumple la orden de no dejar entrar a nadie en forma dogmática", pensé emocionado al ver a mi afligida madre y a mi linda hermanita. A los 17 días de huelga, se recibió la visita del Comité de Coordinación y Unificación Sindical Clasista (CCUSC), de fuerte oposición al gobierno, el profesor César Barrera Bazán, arengó en forma vivaz sobre la importancia de la unidad. Dos días después de los vibrantes discursos y, del ejemplo de solidaridad de la clase obrera, que presionaba a la CGTP, para la realización de un paro nacional, llegó al añoso local de carteros, una delegación del gobierno, al mando del Director General de Comunicaciones, coronel Carlos Pásara Cavero, quién convocó a los dirigentes del FUTP, a iniciar un diálogo directo en el ministerio de Trabajo, para solucionar el conflicto. Por fin, el 3 de julio de 1975, a 19 días de lucha y sacrificio, se firmó el Acta de Acuerdos, entre la Junta Militar de gobierno y el Frente Unido de Trabajadores Telepostales, refrendada de una parte por los generales Dante Poggi Moran y José Guabloche Rodríguez, y los dirigentes: Froilán Juro Monzón, Domingo Flores Soria, Carlos Arráscue Fernández, y Julio Alvarado Cerna. Los principales logros fueron: firma de un Acta de trato directo, aumento de 100% de haberes, libertad de los detenidos, Luis Alcántara Rodríguez, y Tomás Carhuallanqui Rojas, pago íntegro de los 19 días de huelga, y nombramiento de 500 trabajadores contratados. "El coronel Pásara Cavero, quedó como rehén en el local de carteros, mientras el comando de huelga, iniciaba el diálogo con las autoridades del gobierno", me dijo

Froilán Juro, 37 años después, con motivo de las indagaciones para esta crónica. "El coronel, en forma inconsciente, y tratando de amedrentar a los huelguistas para que desistan de su aptitud de lucha, por el contrario, levantó el ánimo de los trabajadores y fortaleció la unidad del movimiento", pensé mientras esperábamos al compañero Horacio Jacobi, en el restaurante Cordano, frente a la antigua estación del ferrocarril de Desamparados.

Finalizada la victoriosa huelga, las cuatro asociaciones matrices convocan la realización del Congreso Estatutario de Trabajadores de Correos y Telégrafos, evento donde se instituyó la Federación Única de Trabajadores Telepostales (FUTT), eligiéndose al cartero Froilán Juro Monzón, como secretario general.

Por la valiente conducción del movimiento, y las conquistas obtenidas en un contexto histórico militarizado, muchos están convencidos que la victoria del 19 de junio de 1975, fue la más importante de los trabajadores de correos y telégrafos, sólo comparada a la huelga realizada en el año 1956, donde el general Manuel Odría, ordenó la ocupación del Callao por personal de la marina.

-Los "chicos malos" jugaron un decisivo papel en la huelga que hicimos al general Velasco —me dijo Juan Araníbar, cuando salía de la mesa de trabajo con Francisco Verdera, funcionario de la OIT-. A propósito, el doctor Verdera, preguntó, por qué no integras la comisión.

-No te vaciles Juanito, sabes que no estoy en la comisión porque acabo de llegar del exilio, y jamás olvides que, debido a la huelga del 75, se logró tu nombramiento y el de 500 contratados —aludí de buen ánimo.

-Ya pues negro, no te pases, sabes que la presión y lucha ejercida por el Comité de postales contratados fue decisiva para agregar esta demanda al pliego de reclamos —aludió Juan Araníbar. Víctor Peña Martínez, Olga Chumpitazi, Manuel Bocangel y la treintena de ex trabajadores presentes, nos miraban sonrientes.

La victoriosa huelga de correos y telégrafos de1975, fue conducida por las cuatro Asociaciones integrantes del el Frente Unido de Trabajadores Telepostales (FUTT).

En la foto aparecen de izquierda a derecha: autor del libro; Ministro de Transportes y Comunicaciones, Gral. Artemio García Vargas; Carlos Arráscue Fernández (Sociedad de Empleados); Julio Alvarado Cerna (Asociación de Choferes); Froilán Juro Monzón (Asociación de Carteros; y Domingo Flores Soria (Asociación de Telegrafistas). (Archivo autor)

El 29 de agosto de 1975, en plena celebración del "Día del cartero", realizada en el salón de los espejos de la Municipalidad de Lima, corrió la noticia del golpe efectuado por al Gral. Francisco Morales Bermúdez, contra el jefe de Estado Juan Velasco Alvarado, hecho que causó una gran expectación.

En la mencionada ceremonia se aprecia al presidente de la Asociación Nacional de Carteros del Perú, Froilán Juro Monzón; Director General de Correos, Cmte. Juan Rodríguez García; Director General de Comunicaciones, Gral. Germán Parra Herrera. (Archivo Froilán Juro).

Junta Directiva de la Asociación Nacional de Carteros 1974-76, figuran de pie y de izquierda a derecha: Manuel Pimentel Garay, Teófilo Claudio Dávila, Isaac Gutiérrez y Manuel Rodríguez Sadman. Segunda fila: Walter Andía Niño de Guzmán, Alonso Estrada, Manuel Garay y Artemio Herrera Román. Sentados, de izquierda a derecha: Horacio Jacobi Ramos, Federico Jacobi Ramos, Froilán Juro Monzón y Carlos Johnson. (Archivo Horacio Jacobi).

4. LUCHA TENAZ POR LA REPOSICIÓN

En la lucha tenaz por la reposición y con el afán de sensibilizar a los gobiernos de turno, el Frente realizó diversas acciones de protesta, poniendo incluso en peligro la vida de sus militantes. Al respecto, Juan Araníbar narra en su Memoria de Lucha: *"Realizamos varios congresos nacionales, solicitamos la mediación del presidente George W. Bush, participamos en la toma del Congreso nacional, sostuvimos negociaciones oficiales con presencia de la OIT, chocando en cada momento con el burocratismo sindical"*.

FRENTE UNITARIO DE TRABAJADORES POSTALES

Av. La Colmena 757 – 302   LIMA
Teléfono 548-1508 / 291-1799

Lima, 20 de marzo del 2002

Señor
George W. Bush
Presidente de los Estados Unidos de Norteamérica
Embajada U.S.A.
Lima – Perú

Nos dirigimos a usted, Señor Presidente, en nombre del Frente Unitario de Trabajadores Postales del Perú, para expresarle nuestro cordial saludo, asimismo para hacer de su conocimiento lo siguiente:

Que el gobierno dictatorial de Alberto Fujimori nos despidió arbitrariamente de nuestro centro laboral, Dirección General de Correos y SERPOST – Ministerio de Transportes y Comunicaciones -, en otros casos fuimos obligados a someternos a evaluaciones fraudulentas bajo la amenaza del despido.

Que no obstante haber sido amparados por el Poder Judicial y el Tribunal Nacional del Servicio Civil, se nos niega el derecho a la reposición; a esto se suma el incumplimiento de la Ley N° 27487 y 27586 de revisión de los ceses colectivos en el Sector Público y consecuentemente de reposición.

Que habiéndose establecido un nuevo gobierno democrático en nuestro país, nos dirigimos a vuestra excelencia, con la finalidad que interponga sus buenos oficios para que el Presidente Alejandro Toledo nos brinde una audiencia especial y encuentre una solución armoniosa a la demanda de poco más de un centenar de trabajadores postales despedidos.

Sin otro particular, nos suscribimos de usted Señor Presidente.

Atentamente,

JUAN ARANIBAR SEGOVIA
Secretario General
D.N.I. 08010904

OSCAR PAZ SOLANO
Sec. de Organización
L.E. 16616433

PEDRO QUISPE INGA SALAS
Sec. de Prensa
D.N.I. 08255106

Carta del Frente Unitario de Trabajadores Postales (FUTP)

Lima, Perú
20 de marzo de 2002

Señor
Juan Aranibar Segovia, Secretario General
Frente Unitario de Trabajadores Postales
Av. Nicolás de Piérola 757-302
Lima

De mi consideración:

Tengo el agrado de dar respuesta a su atenta comunicación del día de hoy, en la cual le expresa al Presidente George W. Bush el cordial saludo del Frente Unitario de Trabajadores Postales, al mismo tiempo que le solicita interponer sus buenos oficios a fin de que el Presidente Alejandro Toledo reciba a representantes de su organización en una audiencia especial.

El Presidente Bush les quedará muy agradecido por su atento mensaje de bienvenida. Respecto del segundo punto de su carta, deseo manifestarles que debido a la naturaleza del pedido tanto el Presidente Bush como esta Misión Diplomática están impedidos de intervenir en decisiones del gobierno peruano.

Agradeciéndoles una vez más por su atención, quedo de ustedes

Atentamente

Abelardo A. Arias
Consejero para Asuntos Políticos

Respuesta de la Embajada de los Estados Unidos de América.

Para mantener la relación sindical con los trabajadores activos, el Frente realizó en Lima, los días 4 y 5 de mayo de 2002, la Primera Asamblea Nacional, en la cual participan un centenar de delegados, quienes luego de analizar el estado de cosas, exigieron la reincorporación, al tiempo de fustigar al neoliberalismo y a las cartas de intención del FMI "que hacen más ricos a los ricos, y más pobres a los pobres". Los debates se realizan en un ambiente de esperanza y fraternidad. La delegada Elsa Amaut Quispe, representante de la Región Sur, y la delegada Ana Pacheco, de la base del Cusco, hicieron votos por la unidad del movimiento. Asimismo, el compañero Oscar Paz Solano, luego de una encendida exposición, denunció la nefasta acción del timador llamado "la rata", quien, con afanes de lucro personal, estafó a varios postales despedidos, ofreciéndoles la reincorporación directa, aduciendo tener un contacto en la Comisión Ejecutiva, hecho falso que fue repudiado por todos los participantes.

Acatando los mandatos de la asamblea, los postales, en mayo de 2002, remiten al Congreso de la República, un Texto de Ayuda Memoria, incluyendo la relación de los ex trabajadores que exigían resarcir sus derechos. En forma simultánea, el viceministro de Comunicaciones José Távara Martín, por encargo del presidente Toledo los convocó para elaborar *"un marco normativo de los servicios postales en el Perú, que tome en cuenta tanto los compromisos del Estado peruano, consagrados en el Convenio Postal Universal, como la legislación actualmente vigente"*. En dicha carta, no se toma en cuenta, ni se menciona, el problema de los despedidos.

El Frente Unitario de Trabajadores Postales, entonces base de la CITE, participó en todas las movilizaciones y medidas de lucha, como la arriesgada "toma" de la sede del Congreso nacional, acción que pudo acarrear nefastas consecuencias, difundiendo un comunicado contra el gobierno por alargar el sufrimiento de miles de familias: *"Frente a esta irracionalidad, a los trabajadores despedidos, unidos en forma monolítica en nuestra central la CITE, no nos queda otra alternativa que ratificarnos en nuestra posición de lucha, templando cada vez más nuestro espíritu de combate, día a día en las calles, hasta lograr nuestro más mínimo y elemental derecho, a un trabajo digno para sostener a nuestras familias"*.

Transcurrido un año de la emisión del Decreto Supremo 021-2001-TR, Alejandro Toledo refrendó, el 28 de julio de 2002, la histórica **Ley Nº 27803**: *"Que implementa las recomendaciones, encargadas de revisar los ceses colectivos"*. Esta norma creó el Registro Nacional de Trabajadores Cesados Irregularmente, para el acceso a la reincorporación o reubicación, jubilación adelantada, compensación económica, o reconversión laboral. Estar en el Registro Nacional, fue el único requisito para ser beneficiarios; asimismo, se nombró la Comisión Ejecutiva que incluía a los representantes de la Confederación General de Trabajadores del Perú (CGTP), de la Central Unitaria de Trabajadores (CUT), y de la Confederación de Trabajadores del Perú (CTP), para analizar los documentos probatorios.

-El cholo Toledo hizo una a nuestro favor, por las puras no nos fajamos en la Marcha de los Cuatro Suyos —dijo Manuel Bocangel a Olga Chumpitazi, cuando participaban de un mitin en el Campo de Marte.

- ¡Los despedidos nos jugamos la vida! —respondió Olga Chumpitazi sonriendo-. Varios aviones volaban bajo. "¡Eran aviones Mirage de guerra!", exclamó Fernando Toledo Manrique, años después cuando indagaba los hechos.

110 mil ex trabajadores, entre ellos, poco más de un centenar de postales, demandaron la revisión de sus ceses. Carmen Hortensia presentó su legajo la fría mañana del 2 de agosto de 2002, en 13 folios legalizados luego de formar una larga fila que circundó el Ministerio de Trabajo. Su alegato indicaba que renunció por coacción, cuando afrontaba un proceso de gestación y Licencia pre natal. "Habían transcurrido once años del despido disfrazado de renuncia voluntaria", recordé entre sorbos de café.

A pesar del paso inevitable del tiempo, la protesta continuó invariable por plazas y calles polvorientas. Los militantes mostraban naturales huellas de cansancio, pero sin parar de injuriar la pasividad oficial para solucionar la demanda. En abril de 2004, la Coordinadora Nacional de Despedidos de la CUT, difundió un comunicado:

> *"Hemos batallado durante más de 10 años en busca de justicia y no es posible que por tecnicismos burocráticos, se alargue nuestro padecimiento, pues hemos dedicado toda una vida al trabajo, e incluso hemos expuesto la seguridad económica y social de nuestras familias para erradicar la mafia que gobernó*

el país durante los 90 y que aún parece tener fuertes tentáculos en las esferas del gobierno y entre los congresistas que prefieren discutir temas intrascendentes, en lugar de solucionar el problema de los despedidos y demás temas que atañen a los peruanos".

Hasta octubre de 2004, trece años después de la dación del nefasto Decreto, los despedidos organizados en las Centrales sindicales, hicimos aprobar, luego de innumerables movilizaciones, sacrificadas huelgas de hambre, ocupaciones de iglesias, heroicas marchas de sacrificio, vehemente defensa jurídica, y la osada "toma" de la sede del Congreso nacional, la promulgación de seis leyes, expresadas en tres listas de beneficiarios, que recuperaron los derechos de 28,123 despedidos.

Bulliciosas murgas con fuerte custodia policial, al Palacio de Gobierno, al Congreso nacional, y a la sede del Primer Ministro, se convirtieron en una cuestión legítima. Multitudinarios mítines, en la Plaza Dos de Mayo, el Campo de Marte, en el frontis del Ministerio de trabajo, o en algún Organismo público, concitaron la atención del pueblo que se solidarizó con el movimiento. "Pueblo escucha, y únete a la lucha". Los líderes pronunciaban encendidos discursos en tarimas improvisadas: Manuel Cortez Fernández, Julio César Bazán, Álvaro Cole, Omar Campos, Elías Grijalba, entre otros conspicuos dirigentes, izaban la bandera de combate. "Ni un paso atrás, la lucha continúa". Con el sacrificio ostensible de los militantes y la participación consecuente de las diferentes bases de todo el país, fuimos arrancando los beneficios para más de 28 mil despedidos, en tres listas publicadas.

Las marchas de los despedidos por las calles de Lima, en busca del resarcimiento de sus derechos conculcados, fue cosa constante. (Archivo autor)

El 2 de octubre de 2004, en cumplimiento de la Ley 27803, se publicó en el Diario Oficial, la tercera lista de beneficiarios. Carmen Hortensia vio desencantada que su nombre no figuraba en el listado; tampoco se consideró al casi centenar de postales que demandaron la revisión de sus ceses, excepto María Elena Meléndez Hidalgo, quien logró su reincorporación al Ministerio de Transportes y Comunicaciones (MTC). Esto fue muy importante para los excluidos, porque creó la figura de la *analogía vinculante:* "si los trabajadores fueron despedidos por motivos análogos, por las mismas causales del Decreto 004; por qué a unos se reponía y a otros no". Una ventanita quedó abierta, dando paso a un nuevo periodo de lucha en pos de la *cuarta lista*.

A pesar de la legislación favorable, Carmen Hortensia y el poco más de un centenar de ex trabajadores postales, no fueron considerados en la primera, ni en la segunda, ni en la tercera lista promulgadas por el presidente Alejandro Toledo. "Tal vez porque las bases de la CITE fueron protagonistas de la temeraria toma del Congreso nacional", me dijo Juan Araníbar más de una vez. "Los militantes, sorprendieron a los agentes policiales y treparon la puerta metálica del Congreso de la Plaza Bolívar cual ágiles otorongos, acción que pudo acarrear consecuencias fatales y acusaciones de subversión", pensé.

-Quizá sea porque la CITE no integró la Comisión Ejecutiva –asintió Víctor Peña, cuando bebíamos unas cuantas cervezas en la tienda de doña Victoria Antezana, en el distrito de La Perla.

-No compadre, eso ocurre en el mismo momento que se designa a las Comisiones encargadas de revisar los ceses –proferí en voz alta. La señora Victoria nos miró preocupada.

-Por qué dices eso –preguntó angustiado el cartero despedido de la administración postal del Callao.

-Estaba visto pues colorao –respondí en forma brusca-. La boñiga enquistada en la Comisión de Procesos Administrativos del sector, jamás tuvo en cuenta que los ceses fueron irregulares y que existió coacción en la manifestación de voluntad de renuncia.

-Como el caso de Carmen Hortensia, en proceso de gestación y con Licencia por maternidad –asintió Víctor Peña-. Fue una flagrante violación de los Convenios que garantizan los derechos de la mujer y del niño.

-Tú lo has dicho, compañero colorao.

-Entonces lucharemos por la *cuarta lista* sobre la base de la analogía vinculante. "Dios proveerá".

La disputa por la implementación de la cuarta lista se prolongó cinco largos años, la gente empezó a teñir canas y hacer más lento el andar, sólo una postal había logrado su reincorporación; ameritaba modificar la estrategia de lucha. Miles de ex trabajadores, hacíamos las de Caín y Abel para llevar un plato de comida a la mesa familiar; la mayoría vendía algo para subsistir: ofrecían comida, refrescos, se convirtieron en cobradores de buses, taxistas, recicladores de envases de plástico y mil oficios informales. "Fe compañeros, debemos mantener la fe", decía Manuel Cortez Fernández, cuando concluía sus inflamados discursos. En adelante, ya no se refirió más de carteros ni telegrafistas, porque al encargarse a

SERPOST la concesión del servicio postal, correspondía al Ministerio de Transportes y Comunicaciones (MTC) asumir la solución de los despidos.

El 28 de julio de 2006, asumió su segundo mandato del país, Alan García Pérez, representante del Partido Aprista Peruano, quien, en su campaña electoral, ofreció reincorporar a los trabajadores despedidos, promesa asumida por Mercedes Cabanillas, cabeza de lista para el Congreso nacional.

Es digno de admirar, la resistencia espartana de miles de mujeres y hombres a lo largo de los años, quienes se agenciaban sus ingresos para no claudicar y mantenerse en pie de lucha. Era obligatorio firmar asistencia, participar en marchas, mítines, operativos y estar al día en el pago de cuotas. El tiempo continuó su ida en forma vertiginosa; sin embargo, la ventanita abierta por la *analogía vinculante*, empezó a irradiar esperanza cuando la nueva Comisión de Trabajo del Congreso, aprobó, un proyecto de Ley que resolvía el problema de los ceses. En este contexto, a mediados de enero de 2007, la Coordes-CGTP emitió un comunicado con el siguiente gorro:

> *"Despedidos por la dictadura exigimos al presidente Alán García, a la presidenta del Congreso Mercedes Cabanillas, a la Célula Parlamentaria aprista y a la Comisión Política del APRA, el cumplimiento de las promesas electorales ofrecidas al pueblo durante la campaña electoral. "Nos hemos dirigido por escrito al Secretario General del APRA, para la aprobación de la ley del Cuarto Listado, por lo que exigimos sea puesta al debate y votación, en la presente semana en que se clausura la Segunda Legislatura Ordinaria 2006-2007".*

Como de costumbre se tuvo que apelar a la buena voluntad de los portavoces de las bancadas partidarias, para solicitar se incluya a debate el acuerdo unánime. El 15 de enero de 2007, la Comisión de Trabajo remite un oficio a la presidenta del Congreso: *"Por medio de la presente nos complace saludar a usted y a la vez solicitarle que, en el Pleno del Congreso de esta semana, se priorice el debate del Proyecto de Ley Nº 20, que encarga a la Comisión Ejecutiva la Revisión Complementaria y Final de los Ceses Colectivos (Ley Nº 27803)".* Firmaron: Juvenal Ordóñez Salazar, Víctor Andrés García Belaúnde, Javier Bedoya de Vivanco, Luis Negreiros Criado, y Nidia Vílchez Yucra.

La gente con analogía vinculante se encontraba en la calle, pateando latas, sin programas sociales, ni seguro de ninguna clase. La lentitud del trabajo parlamentario, incitó a diseñar una nueva estrategia y realizar una autocrítica. El 24 de enero de 2007, se firma en la sede del sindicato de trabajadores del Banco de la Nación, el Acta de Compromiso para la Alianza Sindical de los Despedidos y se designa una Comisión Política responsable que declaró: *"Durante los seis años que han transcurrido desde la restitución de la democracia representativa, los despedidos, hemos desarrollado una incesante lucha por la restitución de nuestros derechos conculcados y allí están para demostrarlo, las seis normas legales que hemos hecho aprobar en el Congreso de la República a favor de 28 mil trabajadores que han sido beneficiarios (...), sin embargo este objetivo se ha visto dificultado, porque la lucha no ha estado unificada, facilitando la labor de nuestros enemigos. La vida nos ha demostrado, que, si queremos alcanzar la Cuarta lista y lograr la ejecución completa de la reincorporación, debemos afirmar nuestra unidad de acción, ya que más allá de las diferencias que podamos tener, está por encima el interés de las grandes mayorías de nuestros afiliados, a los cuales nos debemos"*. Suscribieron el acta: Manuel Cortez Fernández, Confederación General de Trabajadores del Perú (CGTP); Álvaro Cole Calonge, Confederación Intersectorial de Trabajadores Estatales (CITE); Julio César Bazán, Central Unitaria de los Trabajadores (CUT), Gloria Álvarez de la Cruz, Frente Independiente Nacional de Trabajadores Cesados Irregularmente (FINATRACI); y Juan Liza Ninaquispe, Confederación de Trabajadores del Perú (CTP). La Alianza Sindical, significó un gran impulso para enfrentar nuevas batallas.

La coyuntura propició una movida de afiliación interna entre los militantes: algunos se quedaron en la CITE, otros emigraron a la CTP, unos se incorporaron a la CGTP; Carmen Hortensia y una treintena de ex postales, nos afiliamos a la CUT, siendo recibidos por los dirigentes José Jesús Guerrero Flores y Eduardo García Cruz, responsables del sector público y de empresas estatales respectivamente. El lugar preferido y estratégico para los mítines, por su cercanía al palacio de Gobierno y al Congreso, fue el atrio de la Iglesia de San Francisco "Gracias Señor". La Alianza Sindical (Unidad Sindical), se declaró en movilización permanente, asumiendo la lucha invariable por la reposición, llevando sus huestes a lugares que concitaran la atención de la población. Entre las acciones inmediatas se acuerda: realizar una gran marcha a la Presidencia del Consejo de Ministros el día 12 de febrero, para demandar al premier Jorge del Castillo y al presidente Alan García, el cumplimiento de su promesa electoral; y realizar un plantón permanente frente al Congreso de la República, solicitando la autorización del *cuarto listado*.

La multitudinaria marcha a la oficina del premier fue apoteósica, llena de entusiasmo y alegría desbordantes. Miles de mujeres y hombres, formados en columnas de tres, provistos de bocinas, gallardetes y tambores, fuertemente custodiados por la Policía Nacional, iniciamos la caminata desde el Campo de Marte, con destino al distrito de Miraflores. Fue una mañana de un fervor pocas veces visto, cada escalón tenía su estandarte gremial, pero fue encabezada por la banderola de la Alianza Sindical, cuyos líderes levantaban el blasón de la unidad. La bulliciosa caminata de varios kilómetros de recorrido por los distritos de Lima, Jesús María, Lince, San Isidro y Miraflores, concitó el respaldo de la población que aplaudía el paso gallardo de los despedidos; vendedores de emoliente y fritangas, hacían su agosto en la profusa manifestación. "Los militantes de base cerramos el perímetro donde se reunieron dirigentes y autoridades, cantando y haciendo sonar abigarradas bocinas para alentar a los portavoces, fueron momentos dramáticos cargados de tensión", recordé. Luego de más de seis horas de negociación, se improvisó una tarima donde los principales líderes de la Alianza Sindical, entre ellos Manuel Cortez Fernández, informaron lo acontecido, resumiendo que en la reunión se tendieron los puentes para viabilizar la solución integral del conflicto: "donde se establecieron las bases para un Acuerdo Político que resuelva el problema de los ceses colectivos". Se consideró decretar la publicación de un *Cuarto Listado* para 4 mil trabajadores y otros compromisos favorables a los despedidos. Quedaba claro que, establecidas las bases para un acuerdo político, era necesario formalizar los puntos negociados mediante ley expresa.

El Frente Unido de Trabajadores Postales (FUTP), participó, con los escalones de la Alianza Sindical, en la histórica movilización a la sede del primer ministro, el 12 de febrero de 2004.

Primera fila de izquierda a derecha: cartero de Lima, Alejandro Gaviria Rodríguez, Pedro Quispe-Ynga Salas, Juan Araníbar Segovia, Samuel Soplín y Rubén Sáenz Arana. Segunda fila de izquierda a derecha: José Rosas Huachahua, "pata de comba", Consuelo Chichipe Campomanes, Elva Garay Marchan y Elizabeth Salcedo Castro. (Archivo Juan Araníbar)

¡Ni un paso atrás! Ni para tomar impulso. Movilización de la Alianza Sindical por la Av. Tacna. (Archivo autor)

Con las bases del acuerdo bajo la manga, la Alianza Sindical (Unidad Sindical) fue consciente que para salir triunfantes era necesaria un Acta suscrita por el premier, cuyo texto debía ser aprobado en la Sesión Plena del Congreso, tarea que demandó un arduo trabajo. Las numerosas movilizaciones efectuadas a la presidencia del Consejo de Ministros, se armonizaron con cabildeos y lobbies en el Congreso y los ministerios concernientes. Fueron interminables días de lucha, sacrificio y consecuencia, asumidos por mujeres y hombres en su mayoría de la tercera edad. "Alan García cumple tu promesa". La posición de los dirigentes fue que el dictamen no sea derivado para el pronunciamiento del Ministerio de Economía y Finanzas (MEF), porque ello "condenaría el dictamen a las calendas griegas", aduciendo que si bien los congresistas no tienen iniciativa de gasto, la plata para sufragar los ceses, provenía del Fondo Especial de Administración del Dinero Obtenido Ilícitamente en Perjuicio del Estado (FEDADOI), constituido con centenas de millones de dólares recuperados de la mafia montesinista.

El 20 de marzo de 2007, la Alianza Sindical remite una carta al presidente de la Comisión de Trabajo del Congreso de la República Dr. Aldo Estrada Choque, donde luego de agradecer su resuelto apoyo, dijo: "No hay ninguna razón para que so pretexto de que haya un pronunciamiento del Ministerio de Economía y Finanzas, no se someta a aprobación nuestro dictamen; y por ello mismo, demandamos a usted que en la forma enérgica con que suelen ser sus discursos, ponga las cosas en su sitio y no permita que la vil maniobra de desviar nuestro dictamen a la aprobación del MEF pueda tener éxito. Miles y miles de despedidos estarán a la expectativa del contenido de su discurso en el Pleno del Congreso".

La presencia de los dirigentes en el Parlamento nacional la mañana del 22 de marzo, para exhortar al congresista Aldo Estrada ponga a debate en sesión plena el dictamen de la Comisión de Trabajo, ocasionó que la presidencia del Congreso autorice la represión jamás vista en el recinto legislativo. Se ordena sacarlos a viva fuerza por un sótano, a cargo de un pelotón de policía, siendo conducidos en una furgoneta con rumbo incierto. Al cerciorarnos que nuestros líderes fueron detenidos, imaginamos lo peor, temiendo sean desaparecidos, como ocurría en los espantosos tiempos de la dictadura. De inmediato nos movilizamos al bunker de seguridad del Estado, exigiendo la libertad inmediata de los detenidos, entre ellos: Manuel Cortez, Juan Liza, Álvaro Cole, Eduardo García y Severo Rivera. "Aquí, allá, el miedo se acabó". La marcha fue reprimida en forma violenta por la policía montada, provista de fuetes y bombas lacrimógenas para fustigar a los manifestantes. La compañera de ESSALUD Cleofé Mosquera, fue arrojada por una yegua desbocada, soportando severos golpes a raíz de la caída. Los militantes de las bases de ENAPU y PETROMAR, Luis Corzo Medina y Jorge Sosa Castillo, resistieron el impacto de las bombas lacrimógenas disparadas por la policía. La sacrificada madre del ministerio de Educación Gladys Polo Brandam, marchaba en compañía de su joven hijo autista. Los colegas del MTC: Julio Pérez Urday, Rebeca del Carpio, Emma Mori, Benjamín Yactayo, Aurelia Olivera y Olga Chumpitazi, corrían protegiendo la bandera de la Alianza Sindical. En el fragor de la movilización apareció una veloz combi ocasionando un violento choque, donde salió herida una vendedora ambulante, quien fue conducida al Hospital Loayza con la cabeza ensangrentada y tres costillas rotas. Las inmediaciones de las avenidas Alfonso Ugarte y España, fueron escenario de una protesta multitudinaria. En el ocaso del día, las calles fueron tomadas por los manifestantes. "Primera vez que me agarró el gas paralizante, quedé a merced de los golpes de la policía, luego caí desvanecido en la acera", dije a Carmen Hortensia la mañana que escribía esta crónica "Algo parecido ocurrió a la combativa compañera Elena Morales en la huelga postal de 1976, cuando cayó en la escalinata del correo por eludir la represión de la dictadura militar", recordé. La trifulca terminó con el refuerzo de los efectivos policiales, gracias a Dios no hubo más detenidos. Al día siguiente, los hechos fueron distorsionados en los titulares de la prensa hablada, escrita y televisiva: "Los manifestantes que irrumpieron en el recinto legislativo, sólo fueron trasladados en un minibús hacia los exteriores del Congreso para evitar que vuelvan a causar desórdenes"; opinión sesgada que fue desmentida por la compañera de la COORDES CGTP Ana María Lizárraga Mejía, en cartas aclaratorias remitidas a los medios de comunicación, entre ellos al Programa Prensa Libre conducido por Rosa María Palacios y al director del Diario Correo, Aldo Mariátegui. Todos los medios se referían a los despidos efectuados en la década del 90. La detención de los compañeros nos devolvió al escenario político: "la cosa se puso color de hormiga", comentaron los militantes.

-¡Mierda! Ahora sí —exclamó Juan Araníbar el 6 de julio de 2007, al leer en el Diario Oficial El Peruano, la ansiada Ley Nº 29059 que otorgó facultades a la Comisión Ejecutiva para revisar los casos de los excluidos de la primera, segunda y tercera lista de beneficiarios. "El principio de analogía vinculante impuso sus razones", pensé.

-¡Los representantes del FINATRACI y de la CITE se incorporan a la Comisión Ejecutiva! —enfatizó José Jesús Guerrero cuando expuso la norma en el multitudinario mitin realizado en el atrio de la Iglesia de San Francisco. "Esto se contempló en el acta suscrita entre la Alianza Sindical y el premier", pensó el compañero de CORPAC "loco" Bedón, encargado de empujar la carreta del altavoz que propagaba las asambleas.

Por otro lado, el Frente Único Nacional de Ex Trabajadores Cesados Irregularmente No Comprendidos en Ninguna Central Sindical (Funetcincences), liderado por Hilso Ramos Cosme, confirmó las demandas contenciosas iniciadas en el año 2002, por motivo de que la Comisión Ejecutiva de los Ceses, no calificó a 70 mil solicitudes *presentadas con todas las de la ley"*. Esta interpelación derivó poco después, en una demanda de inconstitucionalidad; y, luego en el Caso: P-320-07 de la Comisión Interamericana de Derechos Humanos (CIDH).

INTER - AMERICAN COMMISSION ON HUMAN RIGHTS
COMISION INTERAMERICANA DE DERECHOS HUMANOS
COMISSÃO INTERAMERICANA DE DIREITOS HUMANOS
COMMISSION INTERAMÉRICAINE DES DROITS DE L'HOMME

ORGANIZACIÓN DE LOS ESTADOS AMERICANOS
WASHINGTON, D.C. 2 0 0 0 6 E E U U

28 de abril de 2010

REF : Frente Único Nacional de Trabajadores Irregularmente Despedidos -
FUNETCINCENCES
P-320-07
Perú

Estimado señor:

Tengo el agrado de dirigirme a usted en nombre de la Comisión Interamericana de Derechos Humanos con el objeto de acusar recibo de su comunicación recibida en esta Secretaría Ejecutiva el 21 de abril de 2010, mediante la cual suministra información adicional relacionada con la petición arriba mencionada.

En este sentido, le informo que no hemos recibido la copia del Decreto de Urgencia No.124-2010, de conformidad a lo descrito en su comunicación.

Aprovecho la oportunidad para saludar a usted muy atentamente.

Elizabeth Abi-Mershed
Secretaria Ejecutiva
Adjunta

Señor
Hilso Ramos Cosme,
Presidente
FUNETCINCENCES
Jirón Carabaya 940, Oficina 107
Cercado de Lima
Perú

4/28/2010-CC-3278755

Documento CIDH

-La Ley dice que para ser beneficiarios solo basta la inscripción en la *cuarta lista;* no hay restricciones ni limitaciones por requisitos o supuestos similares –continuó diciendo Omar Campos en un prolongado discurso.

Miles de manifestantes levantaban banderas multicolores y proferían ruidos ensordecedores. "El pueblo unido, jamás será vencido". Decenas de policías armados cercaban el atrio de la Basílica y Convento de San Francisco, ante la mirada atónita de los turistas que acudían al recinto religioso.

-Ahora sólo falta la Resolución que decrete el cuarto listado de beneficiarios –exclamó Álvaro Cole en su encendido discurso. "Ni un paso atrás, la lucha continúa", respondieron los militantes.

-Compañeros, todo está de nuestra parte, unidos venceremos –exclamó Juan Liza en forma lacónica. "Aquí, allá, el miedo se acabó", corearon los asociados cuya mayoría eran de la tercera edad.

Los hechos no ocurrían en forma mecánica, ni por el buen deseo de la gente, eran producto de circunstancias independientes de su voluntad que expresaban fuerzas e intereses al interior del contexto histórico. Cuando empecé a elaborar mis apuntes sociológicos, adquirí la costumbre de archivar periódicos, comunicados, revistas, fotos y folios relacionados a las luchas sindicales y de otros temas afines. En mi peregrinar por diversos lugares, me daba maña para que la artesa de pliegos siempre esté a mi disposición, lo que originaba un rincón donde amontonarlos y estar sometido a la constante crítica de los roedores.

En el ínterin de promulgación de la Cuarta *Lista*, la lucha continuó tenaz, suscitándose bullidoras marchas, toma de locales y diversas medidas de protesta. Para el discernimiento de los hechos, recurro a una de mis fuentes preferidas, el archivo periodístico:

OJO, 14 diciembre 2008: *Hombres y mujeres, algunos con el torso desnudo, demandaban ser contratados nuevamente por el Estado. Las iglesias tomadas por más de cinco horas fueron el convento de Santo Domingo, La Merced y San Pedro.*
AJA, 14 de diciembre de 2008: *Choteados por Fuji (mori) se calatean. Tomaron 4 iglesias y se encadenaron exigiendo cuarta lista de ceses colectivos.*

Trome, 15 de diciembre de 2008: *En el cambio de guardia en Palacio de Gobierno y la misa dominical en la Catedral de Lima, decenas de trabajadores despedidos protagonizaron violentas escenas en la Plaza de Armas con efectivos de la Policía. Los manifestantes gritando "Alan García, mentiroso cumple tu promesa", exigían que se publique la Cuarta Lista de Ceses Colectivos, varios hombres fueron detenidos por los efectivos del orden.*

La Primera, 24 de enero de 2009: Trabajadores despedidos durante el gobierno fujimorista sorprendieron y abuchearon ayer a la comitiva del presidente Alan García a su salida del local principal de EsSalud, donde fue a inaugurar un lote de equipos médicos.

La lucha persistió en las calles, con un breve respiro el 4 de agosto de 2009, cuando Alan García promulga la Resolución Suprema Nº 028-2009-TR, disponiendo la publicación de la *Cuarta Lista* en el Registro Nacional de Trabajadores Cesados Irregularmente, que consideró un total de 7676 ex trabajadores.

-¡Difícil de creer! Quedé estupefacta al ver mi nombre en el Registro de la Cuarta Lista -refirió Carmen Hortensia. Nuestra Hija Ángela María había cumplido 16 años de edad, ya toda una jovencita alentaba a su madre a no desmayar en la lucha por recuperar sus derechos. En aquel tiempo la niña concluía la secundaria en el Colegio TRILCE, del distrito de Comas. "Acreditado colegio", recordé.

Pero, un barrunto en mi corazón advertía que, por la proliferación de decretos y resoluciones de menor jerarquía, Carmen Hortensia seguiría bregando su reincorporación: "Mi intuición de lucha avizoraba horizontes inciertos", recordé la mañana que escribía esta crónica.

Los hechos me dieron la razón, porque el gobierno, deshonrando sus promesas electorales, se empeñó en poner diversos filtros para eludir el cabal cumplimiento de la ley. Con este propósito se emitieron diversas normas de menor rango que enturbiaron la reposición irrestricta. Obran en los apolillados legajos de mi archivo, folios clasificados en forma cronológica, que evidencian una aberración en la aplicación de la Teoría General del Derecho.

Abuchean a García y lo hacen correr

Decenas de despedidos esperaron al mandatario fuera del Hospital Rebagliati.

Las mujeres jugaron un papel importante en la lucha por la reposición. En la foto se aprecia con el brazo en alto, a la combativa compañera del MTC, Enma Mori, a su izquierda está la valiente Tanith Flores, del ministerio de Economía, y aplaudiendo una militante de la Alianza Sindical. (Diario La Primera. 24 de enero de 2009).

Consta el Decreto de Urgencia 025-2008, dictado por el régimen de turno para la aplicación de las leyes 27803 y 29059, declarado ilegal por Sentencia del Pleno del Tribunal Constitucional del 17 de diciembre de 2009, al *vulnerar el derecho de igualdad y el principio de irretroactividad de las leyes*. "Fuimos cinco mil ochocientos setenta y cinco ciudadanos los que interpusimos esta demanda de inconstitucionalidad", recordé sentado en las gradas del atrio del Convento de San Francisco.

Otro dato que demuestra la falta de escrúpulos contra los despedidos, es el Decreto de Urgencia 026-2009, dispuesto por el gobierno para la aplicación de la ley de ceses colectivos, el mismo que fue declarado ilegal por Sentencia del Pleno del Tribunal Constitucional del 31 de agosto de 2009, al *vulnerar el derecho de igualdad ante la ley, el derecho irrenunciable de los derechos reconocidos por la Constitución, y demás derechos inherentes a la dignidad de la persona humana*. La demanda de inconstitucionalidad fue interpuesta por el 25 por ciento del número legal de congresistas de la República, quienes se oponían a que la ley sea violada con normas de menor rango.

Aporta mayores antecedentes que ilustran el abuso del derecho, el decreto de fecha 23 de diciembre de 2009, donde el poder Ejecutivo dicta la Resolución Ministerial 374-2009-TR, estableciendo dos "etapas" para la ejecución del beneficio de reposición: *reincorporación laboral directa*, a cargo de los ministerios concernientes; y, *reincorporación laboral general*, a cargo del Ministerio de Trabajo; fases que no fueron contempladas en la ley primigenia de ceses colectivos. "Cosa más grande en la vida chico".

Los despedidos vieron poner la cereza en el pastel, cuando en enero de 2010, el gobierno promulga la Resolución Ministerial 005-2010-TR, que establecía nuevos requisitos como: *perfil, tiempo de servicios, plazas vacantes y otros,* vulnerando la ley de ceses colectivos que exigía como único requisito la inscripción en el Registro. "Olvídate compadre, se obvió la pirámide de Kelsen", me dijo el servidor judicial Giovanni Manuel Martínez Alegría, cuando festejábamos la fiesta de bajada de reyes, con el cholo Teófilo Sánchez, mis hermanas Flor de María, Ana Consuelo y mi ahijada Mechita, en La Perla - Callao.

Carmen Hortensia y el casi centenar de postales, fueron inscritos en el Registro por mandato de la Resolución Suprema 028-2009-TR, quedando expeditos para resarcir su derecho al trabajo. Ella solicitó en el plazo de ley, su reincorporación en forma inmediata y directa "sin restricciones ni limitaciones, ni cumplimiento de requerimientos o supuestos análogos", porque el único requisito fue estar en el Registro. Sin embargo, ¡Oh humanidad!, la Comisión Ejecutiva, en forma ilegal y arbitraria, no la consideró como beneficiaria. "Todo fue arreglado, hubo un faenón para favorecer a otra persona en su lugar", me dijo el bonachón compañero de ENATRU chalaco Ñahui, poco después de haberse consumado el dolo.

-Por las irregularidades cometidas en el cumplimiento de la ley 27803, miles de compañeros se quedaron en la mismísima calle, desamparados, sin un sol en bolsillo y con más años encima —exclamó Juan Calderón, dirigente de la Alianza Sindical, en el atrio de la iglesia de San Francisco.

"Debido a que fue excluida de los beneficios, Carmen Hortensia, como otros ex trabajadores, se vio obligada a interponer una demanda contenciosa administrativa", recordé la mañana que escribía esta crónica.

Veinte años después, en la calurosa mañana del 14 de febrero de 2011, cuando celebrábamos el cumpleaños de mi hermana Juanita en la casa de Rosa, la "pompo peyuya", Carmen Hortensia acompañada por el eficiente letrado, Dr. César Salazar Serquén, acudió al Ministerio de Transportes y Comunicaciones para el "cumplimiento de la Medida Cautelar Innovativa de reincorporación laboral", ordenada por la Corte Superior de Lima. La celebración del cumpleaños de Juanita retumbaba con el eufórico ritmo del sonero Héctor Lavoe. "Todo tiene su final, ay mamita linda".

- ¡Salud Carmen Hortensia! -dijo Cristina, mi hermana mayor.

-Gracias Cristina, amorosa cuñada —dijo ella integrada a la fiesta, luego de las gestiones efectuadas a través de la Medida Cautelar que ordenó su reposición-. ¡Salud con todos! Gracias por su apoyo y comprensión.

-Congratulaciones, porque también estamos festejando la crónica de una resurrección -exclamó emocionada mi hermana Mercedes. El cumpleaños fue pletórico de felicidad alrededor de una mesa provista de un buffet criollo, provisto de olluquito con charqui, causa limeña, carapulcra, ají de gallina, seco con frejoles y arroz con pollo. Mientras, Víctor, Albino, Flor de María, Anita y María Elena, bailaban sonrientes. "Seco y volteao al estilo Callao", coreaban al unísono.

Con el incondicional apoyo familiar y la aclamación fervorosa del casi centenar de postales consecuentes en resarcir sus derechos, Carmen Hortensia extendía la estirpe de lucha, injertando los gérmenes de la agremiación, florecidos en los albores del siglo anterior.

INSCRITOS EN EL REGISTRO NACIONAL DE TRABAJADORES CESADOS EN FORMA IRREGULAR (RNTCI)

Nº Listado - Fecha	Resolución	Nº Beneficiarios
Primero : 22/12/02	R.M.Nº 347-2002-TR	7079
Segundo : 27/03/03	R.M.Nº 059 -2003-TR	10920
Tercero : 02/10/04	R.S.Nº 034-2004-TR	10124
Cuarto : 04/08/09	R.S.Nº 028-2009-TR	7676
Listado judicial		151
TOTAL		35950

FUENTE: MTPE. Informe Final. Proceso de Implementación Ley 27803

EX TRABAJADORES INSCRITOS EN EL RNTCI POR TIPO DE BENEFICIO

Descripción	Inscritos	Duplicados	Ejecutados	No ejecutados	Total
Reincorporación laboral	10012	0	7108	2904	10012
Compensación económica	21510	0	21351	159	21510
Jubilación adelantada	3605	0	2267	1338	3605
Reconversión laboral	7	0	0	7	7
Sin opción de beneficio	816	145	0	671	816
TOTAL	35950	145	30726	5079	35950

Fuente: MTPE. Informe Final. Proceso de Implementación Ley 27803

5. TESTIMONIOS DE VIDA

AURELIA

"Transcurría el año 1977, cuándo mi madre se jubiló después de prestar servicios en la Dirección General de Correos y Telégrafos, yo tenía 18 años de edad y logré cubrir su puesto gracias a la mediación de la organización sindical. Entonces yo era una madre soltera con una hija de dos años, motivo por el cual necesitaba trabajar.

Laboré catorce años ininterrumpidos hasta 1991, cuando el gobierno de Alberto Fujimori decretó el cierre de empresas estatales y de organismos públicos, donde nos obligaron a renunciar coaccionados o corríamos el riesgo de ser declarados como personal excedente".

CLEOFÉ

"Soy una señora despedida por el gobierno de Fujimori en el año 1991, a la vez perdí a mi esposo que se fue con otra mujer. Puse mi dinero en CLAE, que también perdí. Entonces me quedé sola, sin nada; solo con mis hijos y con Dios. Me inscribí en el sindicato, pero nunca salí en ninguno de los listados; sin embargo, continué la lucha por la reposición. Luego el Ministerio de Trabajo hizo una pre calificación de 8 mil expedientes y fui considerada, después hubo otra de 11 mil y también salí calificada; por lo que estaba confiaba en esas calificaciones.

Salió la publicación en el diario El Peruano, me puse a buscar mi nombre y nunca figuré en las listas. Me puse a llorar, no podía creer que se me negaba el beneficio habiendo calificado dos veces. Lloré, Lloré como una semana, me puse mal, con la presión arterial muy alta. El cuidado de un médico cardiólogo me repuso y sigo luchando con mi sindicato por la ampliación de la Cuarta Lista, porque la fe jamás la perderé.

Yo sufro al no figurar en ningún listado, pero Dios sabe porque me está dejando para el último, yo sé que volveré, con mi fe triunfaré".

"Ingresé a la administración pública en 1983 cuando ya tenía dos menores hijos, cambió mi vida porque con mi pareja que también trabaja en la oficina de correos, juntábamos los sueldos para los gastos diarios y poder construir un terreno que adquirí antes de ingresar al Estado. La rutina diaria era levantarse a las 5.30 am., llevar a los niños a la Cuna Jardín que funcionaba en el Centro de Esparcimiento de Chacra Ríos, amplio y con profesores y auxiliares muy competentes, pues el año 1989 tenía cuatro hijos; dos adolescentes y dos niños en cuna. Hasta que el chino rata, entró a gobernar y empezó la vía crucis para las familias trabajadoras.

Empezaron los hostigamientos: estaba trabajando siete años como técnica en contabilidad, de pronto recibí un memorándum por el cual, sin haber recibido ninguna capacitación, me trasladaban al sistema operativo, con diferente horario y en turnos de mañana y tarde. ¿Qué pasaría con mis niños que iban a la cuna? Reclamé, pues había ingresado gente soltera, estudiantes universitarios del gobierno aprista, a ellos no los tocaban, lo hacían con gente de mayor edad.

En 1991, la vida era un verdadero caos. Las amenazas del Decreto Supremo para acogerte a los beneficios "si no renuncias vas a salir en la lista de excedentes", eso nos decían los chupamedias del gobierno que nos hostigaban día a día. Debido a la crisis económica, saqué a mi hija del colegio particular pues no podía pagar las pensiones y la matriculé en colegio estatal. Mi hijo mayor de 16 años dejó de estudiar y comenzó a trabajar para ayudar con los gastos.

Mucha gente empezó a salir en el mes febrero. Primero destituyeron al papá de mis hijos y luego fui yo la que tuve que irme con mucho pesar, pues el dinero que me dieron por 14 años de servicios fueron 700 intis, algo de 200 dólares, una burla para la clase trabajadora. Dejar sin trabajo a los dos padres, era increíble lo que hizo el gobierno; en la misma calle con cuatro hijos a cuestas, perdí mi terreno, sin dinero, sin casa y sin trabajo.

El padre de mis hijos viajó al extranjero con dinero prestado, lo estafaron y quedó ilegal pasando mucho tiempo sin conseguir trabajo y se enfermó sin que nadie lo pueda ayudar. Tuvimos otro problema, la plata que nos prestaron para el viaje tenía que ser devuelto con intereses usureros, empecé a trabajar y casi todo era para amortizar el préstamo. Viví con mis hijos en casa de la familia, alquilaba cuartitos donde nos acomodábamos. El padre de mis hijos se fue alejando y vino la separación.

La realidad de muchas mujeres, se quedan solas con hijos que mantener y tomar decisiones, que las tomé a lo largo de veinte años. Mis hijos mayores consiguieron becas para estudiar y me ayudaron mucho, ahora son mi orgullo ya que cuando estábamos a punto de caer, nos levantamos para seguir en la lucha por sobrevivir. Trabajé en todo, gracias a Dios tenía estudios de enfermería y trabajé cuidando enfermos, también cociné en restaurantes donde me sacaban la mugre, llegando a mi casa cansada para atender a mis hijos.

Por esta situación no podía ayudar a mis padres, ya que ellos tenían a dos hermanos con problemas mentales, lo que me tenía muy tensa y agotada. El papá de mis hijos me dejó una pensión de 300 soles, algo irrisorio pues mis gastos eran mayores. Los chicos crecieron y traté de darles las comodidades que estaban a mi alcance, estoy muy orgullosa de los cuatro, pues eran muy buenos estudiantes y destacaban en lo que se proponían. Me da mucha pena no haber podido dar a mi madre la alegría que me vea trabajando, pues ella falleció el mismo mes y año que salió publicada la Cuarta Lista, el 28 de agosto de 2009, aunque me dio sus bendiciones, siempre lo hizo. Yo sigo adelante pues estoy trabajando con una Medida Cautelar, pues inicie un juicio que toda vía no concluye. Estas son partes de mis memorias, tal vez omití muchas cosas importantes que las guardo en mis recuerdos".

GLADYS

"Me casé y antes de ingresar a trabajar al ministerio de Educación en 1986, había procreado un hijo; al año siguiente, fui nombrada como auxiliar de laboratorio. Por mi experiencia en educación, no tuve dificultades en la nueva labor, ya que antes desempeñé otros cargos al servicio del Estado, y sobre todo, porque manejaba la máquina de escribir en forma eficiente.

El hecho de contar con el Seguro Social, me permitió conocer la discapacidad de mi hijo Alfonso Luis cuando tenía de tres añitos, hecho que me causó impotencia y tristeza, sintiéndome muy afectada como persona. La discapacidad que presenta mi hijo consiste en autismo leve, diagnosticado por los médicos especialistas del Hospital San Juan de Dios, siendo la ecolalia lo más resaltante de su enfermedad; es decir puede escuchar y pronunciar algunas palabras, pero sin entablar diálogo.

Mi esposo me abandonó al saber la discapacidad de nuestro hijo, él no supo afrontar la realidad; hecho que no me amilanó, porque yo continué mi trabajo en el ministerio y matriculé a mi pequeño en una cuna jardín para niños normales, donde reformó algunas conductas, como pedir lo que necesitaba, sin gritar.

En el año 1991, cuando Alfonso Luis tenía cinco añitos, mediante un decreto me coaccionaron a renunciar a mi puesto de trabajo, quedando en el más absoluto desamparo; pero tenía que subsistir y salir adelante. Entonces compré un carrito sanguchero, para vender salchipapas, pollos broasteres y chicha morada, en la puerta de un cuarto que alquilaba en el jirón Cañete del cercado de Lima, sufriendo decomisos y vejaciones de parte del gobierno municipal; también ofrecía productos Unique y Avon. Luego me puse a lavar ropa ajena y efectuar cuidados geriátricos a domicilio

En la actualidad, sigo ejerciendo algunas de las labores mencionadas y al mismo tiempo estoy metida en la lucha por la reposición de los despedidos en el gobierno de Fujimori. Mi hijo Alfonso Luis tiene 27 años de edad, está registrado en el Consejo Nacional para la integración de la Persona con Discapacidad (CONADIS), su perfil es de tercer año de educación especial y le encanta la natación, la pintura y la cocina."

FROILÁN

"Mis primeras palabras son para saludar y felicitar al amigo Samuel Soplín Escudero, por su importante producción literaria, "El Ultimo Cartero en la línea del telégrafo", donde relata en forma amplia la historia de las luchas sociales en el Perú, destacando la participación activa de los trabajadores de Correos y Telégrafos, resaltando la imagen del cartero, en las acciones reivindicativas.

Con Samuel nos conocemos desde los inicios de la década del 70 en Correos. Trabajando como carteros, pronto coincidimos en ideas y acciones, logrando desempeñar cargos diligénciales, primero en la Asociación Nacional de Carteros; y, luego en la Federación Única de Trabajadores Telepostales (FUTT), integrada por los gremios de carteros, Telegrafistas, postales y choferes, destacando la valerosa participación de hombres, mujeres, convertidos en semilleros de tantas jornadas de lucha hasta nuestros días.

Esta experiencia, faculta al compañero Samuel Soplín, a escribir nuestra historia, para insertarla dentro de las luchas sindicales desarrolladas en el mundo, con los aportes que viene efectuando desde la publicación de su primera obra, La sindicalización Postal-Telegráfica en el Perú (1986), hasta, Crónica de una despedida (2012; esfuerzo que merece el apoyo de toda la familia Telepostal, a través de testimonios, relatos, archivos fotográficos, para que se conozcan los nombres y acciones de todos los actores, de quienes hasta la fecha, poco o nada se ha dicho en forma oficial.

En esta historia, se rescatan nombres como los de Gerardo Ríos Rojas, Antenor Sánchez Torrico, Pablo Granda Dongo, Antonio Torres Segura, Carlos Bruzzone, José Zapata Paredes y tantos otros líderes que, por su valor, sacrificio y entrega total, han servido de guía y ejemplo, defendiendo los sagrados intereses de la clase trabajadora.

Termino mi breve comentario, dedicando un acróstico de honor al compañero Samuel Soplín, el cual hago extensivo a todos los trabajadores de correos y telégrafos, quienes compartieron nuestras luchas, y muchos de ellos en la actualidad, son activos militantes en defensa y recuperación de nuestras Instituciones, como la Asociación Mutualista de Transportes y

Comunicaciones, en manos de una directiva enquistada por más de 10 años, empeñada en lograr su liquidación. "

ACROSTICO DE HONOR

Siempre altivo y sereno
al servicio de acciones
memorables de nuestra clase,
un día compartimos
el sagrado deber de
luchar por los trabajadores.

Serás ahora y siempre
obstinado defensor
permanente de
los oprimidos que
imploran justicia en
nuestra sociedad.

Grande fue el
reto de enfrentar
a los opresores que
nunca nos perdonaron.

Amigos somos y ganamos
muchos seguidores,
invalorable apoyo que solo
gozan los líderes
obstinados por sus ideales.
Ya es hora de romper cadenas.

Cuando los años pasan,
aceleran los latidos
más fuertes que ayer,
¿acaso esperamos la
redención generosa de
aquellos caudillos que
detentan el poder
a espaldas del pueblo?

De ellos nada esperamos,
es hora de forjar la unidad.

Aunque nos caiga la nevada,
con firmeza seguiremos erguidos y
consecuentes como ayer,
indomables como fieras y
obsesivos por el gran cambio que
no tardará en germinar.

Reconocer con hidalguía
el esfuerzo que despliegas
con tanto sacrificio,
implica ser solidarios y
benévolos con tus desvelos
editando nuestra historia.

Muchos hombres y mujeres Telepostales
inmortalizaron nuestras luchas.

Honor a nuestros hermanos
oprimidos de correos y telégrafos que
marcharon con la frente alta
enarbolando sus reclamos y
nunca se amilanaron con las bombas,
aguantaron varazos y siempre
juntos forjamos cada triunfo
en las calles y cuarteles.

Para aquellos que luchan y
otros que apoyan,
ruego protección del creador.

Décadas de combates
importa valor y sacrificio,
fueron muchos los tiranos,
unos militares y otros civiles,
nos enfrentamos sin temor a todos
desde Velasco, Morales, García y Belaunde,

igual con el genocida Fujimori
represor de miles de trabajadores.

La Historia nefasta no debe repetirse,
a la clase trabajadora le toca prepararse.

"Luchando estamos Comunicando"
una consigna que gritamos
con tesón los trabajadores
hasta lograr el triunfo
agrupados como un solo puño.

Donde exista un Telepostal,
encontraras un combatiente.

Los luchadores mueren de pie,
otros se venden como Judas,
son pocos, como un tal Nieto.

Trabajadores en acción con
reivindicaciones planteadas,
a la huelga cien, a la huelga mil,
bandera en alto,
a luchar combatientes
jóvenes, hombres y mujeres
amantes de la justicia y
demostrar que somos indomables,
otro día de gloria
rescataremos para el pueblo,
en las calles y plazas con valor
sin temor al tirano opresor.

Telepostales somos
en correos y telégrafos
los primeros en acción,
enseñamos el camino
para nuestra liberación,
otra vez sonara el clarín
sin cesar hasta triunfar,
todos unidos a luchar

agotando nuestras fuerzas,
la aurora se asoma
entre rayos que iluminan
sin cesar el camino.

YO SOY EL CARTERO.
En las calles me encuentran,
la sonrisa es mi regalo.

Como decirles que no
a los que esperan una carta,
ruego que todos
tengan el mensaje esperado,
es mi deber sagrado
regalar alegrías y tristezas,
otra vez, yo mismo les escribiré.

Peruano caminante
eres el Chasqui legendario,
recorres distancias
unido al bolsón epistolar,
al mundo demuestras coraje
no solo trabajando,
otras veces luchando.

Gracias Samuel Soplín Escudero.
Valeroso Trabajador Telepostal.

Lima 30 de Diciembre del 2013.

FROILAN JURO MONZON.
Ex Secretario General de la FUTT.

OBRAS CONSULTADAS

GARCÍA Márquez, Gabriel. Crónica de una muerte anunciada. Editorial La Oveja Negra, segunda edición. Bogotá-Colombia 1981.

BARRETO G., Emilio. La Reforma del Sistema Monetario Internacional, el Comercio Exterior y la Deuda Externa. Impresiones F. Rey. Lima, s/f.
UGARTECHE, Óscar. "La Deuda Latinoamericana Frente a la Crisis en 1988". En: Crisis Estructural y Deuda. V.A. Editora FONDAD. Lima, 1989.

GARCILASO DE LA VEGA, Inca. Comentarios Reales. Ediciones Nuevo Mundo. Lima Perú.

CÁCERES, Ernesto. La Institución Postal. Tesis de doctorado en Ciencias Políticas. UNMSM. Lima, 1931.

BASADRE, Jorge. Historia de la República del Perú. Editora PERUAMERICA S.A. Quinta edición, segunda Impresión. 5 tomos. Lima, 1963.

SULMONT, Denis. Historia del Movimiento Obrero Peruano (1890-1977). Editorial TAREA. Lima. 1977.

"La Voz del Telégrafo". Revista de la ATRP. Lima, Junio-julio 1960
NÚÑEZ Francisco, SOPLÍN Samuel, CALDAS Loida. Historia del Movimiento Sindical Telefónico Peruano: 1920-2005. Trabajo inédito.

TAMARIZ, Domingo. Historia del Poder. Elecciones y Golpes de Estado en el Perú. Editorial Jaime Campodónico. Lima, 1995.

Clarín.com. "El Papa criticó el capitalismo salvaje y la falta de libertad". Edición lunes 26 de enero de 1998.

BOWEN, Sally. El Expediente Fujimori, el Perú y su presidente: 1990-2000. Editorial Perú-Monitor. S/f.

Informe de la Comisión de la Verdad y Reconciliación. Lima. 2003
VARGAS Llosa, Mario. "La Libertad Recobrada". En: Cómo Fujimori Jodió al Perú. Editorial Milla Batres. Lima, 2001.

ARAGÓN, Mario y GÓMEZ, Juan. Un Jibarito y el Callao. Editorial Gómez y Aragón Escritores Asociados. Callao, 2010.

SARTRE, Jean-Paul. La Náusea. Editorial Sol 90. 2003.

SCHLESINGER, Arthur M. Jr. Martin Luther King. Serie Líderes del Mundo. Editora CINCO S.A. Bogotá-Colombia. 1987.

PLEJANOV, Jorge. El Papel del Individuo en la Historia. Colección 70. Editorial Grijalbo S.A. México, D.F. 1969.

"Valentín Paniagua: un paradigma de democracia". Diario LA PRIMERA. Lima, 14 de octubre de 2007.

FECOTEL (Revista). Año 1. N°1. Lima, abril de 1959.

FLORES-GALINDO. Alberto. La Agonía de Mariátegui. La polémica con la Komintern. Centro de Estudios y Promoción del Desarrollo. Lima, 1980.

SULMONT, Denis. El sujeto en el corazón de la vida social. Fondo Editorial de la Pontificia Universidad Católica del Perú. Lima, 2011.

FOTO PARA LA CONTRACARÁTULA

De izquierda a derecha: Horacio Jacobi Ramos, delegado extranjero, Carlos Salazar Pérez, Samuel Soplín, Humberto Machuca Ríos, Pedro Miguel Rodríguez (Presidente de la Confederación Latinoamericana de Trabajadores en Comunicaciones), Domingo Flores Soria, Pedro Rodríguez Jr., y Manuel Gómez Sánchez Iturrino. Lima 1975. (Archivo Froilán Juró Monzón).

www.ingramcontent.com/pod-product-compliance
Lightning Source LLC
LaVergne TN
LVHW051543170726
843492LV00006B/1926